아름답고

불완전하고

기이한 이야기

도둑의 탄생

김진나 소설

문학동네

차 례

어쩐지 우울하지 않을 수 없는
로보의 어린 시절

　버려진 콜라 캔처럼 찌그러진 모양까지 똑같은 수천 개의 동네 중 한 곳에 누구도 기억하지 않는 해동로 99번길이라는 자주색 팻말이 수줍게 서 있었다. 일주일 전에 이사 온 강두연 씨는 거래하는 은행, 자주 이용하는 마트, 즐겨 마시는 에스프레소가 있는 커피 전문점까지 예전 동네와 다를 것 없는 새 동네에 적응할 것도 없이 익숙해졌다. 포장 이사를 한 다음 날 몸에 남아 있는 미세한 피곤이 아니었다면 그녀는 아파트 구조마저 판박이인 이곳이 저곳인지 그곳인지 분간할 수 없었을 것이다. 수박에 세모나게 칼집을 내 한 점 뽑아 올리듯 땅을 통째로 뽑아내어 옮겨 왔다고 해도 '어쩐지……' 하며 고개가 끄덕여질 정도였다.

우체국에 근무하는 두연 씨는 나이 들며 배가 나오긴 했지만 유니폼이 어울리는 체형이었다. 틀에 박힌 그녀의 인상은 거실에 놓인 화분이나 선반에 놓인 장식품과 흡사했다. 복화술을 하듯 입술을 거의 움직이지 않고 말하기 때문에 더욱 그런 느낌이 들었다. 그녀의 머릿속엔 우편번호와 갈색 소포 용지가 가득했고 손은 언제나 도장을 찍고 있는 듯 분주했다. 파마한 짧은 단발머리는 아침마다 헤어크림을 발라 번들번들 광택이 났다.

남편 박홍주 씨는 기름진 붉고 동그란 얼굴에 뻣뻣한 머리카락을 짧게 잘랐다. 그는 자주 입술 끝을 딱딱하게 잡아 늘여 완고한 인상을 만들려고 애썼는데 그의 입술이 너무 빨개 그럴 때마다 우스꽝스러운 모양이 되어 버렸다. 그는 공구를 만드는 전문 기술자로 정확하고 수준 높은 자신의 기술에 대단한 자부심을 갖고 있었다.

그들은 닭고기보다는 오리고기를 넣고 끓인 탕을 좋아했고 한 끼니라도 고기 없이 식사하는 건 상상할 수도 없었다. 아침에는 주로 베이컨과 버섯을 볶아 치즈를 얹어 먹었고 주말에는 돼지갈비나 삼겹살을 먹으러 외식을 했다. 평일 저녁에는 냉동실에서 꺼내 불에 살짝 굽기만 하면 되는 소고기 스테이크를 즐겨 먹었다. 홍주 씨는 기분이 좋을 때면 온 야채나 삶은 콩을 넣은 샐러드, 통마늘 구이, 튀김을 곁들여 내놓기도 했다. 튀김은

홍주 씨가 특히 잘하는 음식으로 양파, 쑥갓, 고구마, 새우를 손질해 경쾌한 파열음이 날 정도로 바삭하게 튀겨 냈다. 튀김옷을 만들 때 얼음을 넣어 달궈진 기름과 큰 온도 차이를 내는 것이 비결이었다.

홍주 씨는 휴일 아침이면 뉴스란 뉴스는 몽땅 챙겨 보고 느지막이 산책을 나갔다. 이는 건강을 위해서라기보다는 새로운 소식은 없나 궁금해서였다. 후천적으로 남의 일에 관심이 많은 그는 이사 온 지 한 달 만에 동네 사람들의 사정에 능통하게 되었다. 어느 집 부부가 자주 싸우는지, 어느 집 아이가 성질이 사나운지, 어느 집이 쓰레기 분리수거를 엉망으로 하는지 입만 열면 신이 나서 떠들어 댔다. 두연 씨는 출근 준비를 하며, 때론 저녁 식탁에 느긋하게 앉아 남편의 얘기를 들었다. 그녀는 그럴 때마다 자신들이 매우 상식적이며 평범하다는 것에 안도했다.

그러나 딸이 태어나며 그들의 사정은 조금씩 일그러지기 시작했다. 딸의 이름으로 은정, 서현, 예진, 지선 같은 이름을 생각하고 있던 부부는 딸의 이름을 '보보'로 짓고 말았다. 딸을 보자마자 보배라는 뜻의 '보' 자를 연거푸 생각할 수밖에 없었다고 나중에 얼굴을 붉히며 말했다. 하지만 두연 씨는 세월이 훨씬 지난 뒤에까지 사실은 '보' 자 하나를 더 붙이고 싶었지만 어떤 겸손함 때문인지 마지막 글자 하나는 마저 붙이지 못했다는 말은 하지 않았다.

보보는 광채를 발하는 새까만 눈동자에 서늘한 긴 눈매, 창백할 정도로 새하얀 뺨과 붉고 도톰한 입술을 하고 있었다. 그녀는 갓 태어났을 뿐인데도 놀랄 만큼 아름다웠다. 사람들은 보보를 볼 때면 멍해져서 "완벽한 아기야!" 하고 칭찬했다. 하지만 부부는 그런 식의 칭찬이 조금도 달갑지 않았다. 그들은 딸이 평범하지 않다는 데 충격을 받았다. 자라면서 평범해질 거란 말로 서로를 위로해 봐야 진정이 되지 않았다. 한동안 부부는 주눅든 것처럼 어깨를 축 늘어뜨리고 다녔다.

그러나 보보는 정교하게 세공되어 가는 보석처럼 자랄수록 더욱 빛을 발했다. 그녀는 비단 외모만 빼어난 것이 아니었다. 거의 모든 분야에 뛰어난 재능을 보이고 사물에 대한 독특한 감수성이 있을 뿐 아니라 비밀스러운 존재감까지 지녔다. 그럴수록 부부는 마음이 불안해졌다. 너무도 완벽한 모습으로 웃거나 장난치거나 떼를 쓰는 딸을 볼 때면 심지어 두려움에 사로잡히기까지 했다.

두연 씨는 새벽에 잠에서 깰 때면 불행한 기분이 드는 날이 많아졌다. 딸이 평범하지 않다는 건 앞으로 딸의 삶이 불확실해질 거라는 얘기처럼 들렸다. 아무리 딸 앞으로 적금을 붓고 보험을 들어 놓아도 딸이 풍랑이 거센 바다로 홀로 떠내려가는 걸 막을 수는 없을 것 같았다.

'요즘처럼 구설수가 많은 세상에 보보의 빼어난 점은 오히려

독이 되고 말 거야. 어떤 분야에서라도 조금만 유명해진다면 곧 악랄한 스캔들이 따라붙겠지. 화장실 변기에 빨려 들어가듯 순식간에 말이야. 게다가 저렇게 자존심이 강하고 결벽증이 있는 성격이라면 누가 알아? 난데없이 자이나교의 신자라도 되겠다고 고집을 부릴지…… 희애 언니네 딸도 인도 여행 한번 다녀오더니 잘 다니던 광고 회사 때려치우고 인도에 가서 더럽고 굶주린 개들 빵 먹이는 일을 한다잖아. 사람이 옆에 갈 수 없을 만큼 제대로 씻지도 못하면서 말이야. 아, 생각만 해도 끔찍해. 그 정도는 아니더라도 화가 같은 거라도 되겠다고 하면 어쩌지? 우리 큰언니를 봐. 그건 고칠 수도 없는 병인데……'

두연 씨는 이런 생각을 하며 한숨을 내쉬었다. 나이 차이가 상당히 나는 그녀의 큰언니는 성공하지 못한 화가로 제대로 된 인생을 살지 못했다. 언니 생각이 나자 부르르 몸이 떨렸다. 한눈팔지 않고 주어진 것만 성실하게 임하여 미래가 보장된 삶을 사는 자신의 자질을 어떻게 해서든 딸에게도 물려줘야겠다고 결심했다.

여섯 살이 된 보보는 미술과 영어, 피아노, 수학 학원을 다니기 시작했다. 두연 씨는 성격이 메마르고 말투가 딱딱하며 실수를 하면 자로 손등을 때리거나 혹독하게 비난하는 선생들을 골라 딸을 맡겼다. 호기심이 많고 달리기를 좋아하고 새로운 이야기를 잘 지어내던 보보는 이제 쉽게 지쳤고 매사에 의욕이 없었으며 신경질적이 되었다. 혼자 한가하게 보내는 시간이 없어지면서 점점 엄마, 아빠처럼 먹는 것에 집착했다. 남의 시시콜콜한 사생활에 대해 떠드는 것도 좋아하게 되었다.

딸을 이렇게 변화시키기 위해 두연 씨는 부부 수입의 상당량을 쏟아부어야만 했다. 그래도 딸이 자신들을 닮아 가는 모습에 더없이 행복했다. 중학생이 되었을 때 보보는 허세가 심해지고 자기중심적인 속물이 되었는데 두연 씨는 그런 모난 부분마저 그녀 세대에는 평범함에 속할 거라며 만족스럽게 생각했다.

그런데 부부에게는 보보만 있는 게 아니었다. 보보에게는 이년 터울의 동생 로보가 있었다. 로보는 처음부터 마음에 쏙 드는 아이였다. 로보는 신경 쓸 것 하나 없이 평범했다. 특별히 잘하는 것도 없었고 어디에 섞여 있어도 눈에 띄지 않았다. 외모는 딱히 못생겼다고 할 정도는 아니지만 집 앞 슈퍼에 가는 동안에만도 서너 번은 마주칠 만한 흔한 인상이었다. 다른 사람들도 보보는 잠깐 스치기만 해도 기억했지만 동생에 대해서는 몇 년을 봐도 무감했다. 이웃들은 '정 그렇다면 바다 너머 어딘가에 그런 게 있긴 하겠지.' 하는 기분으로 엘리베이터나 아파트 복도에서 로보와 마주쳤다. 두연 씨조차 로보의 이름에 '보' 자가 붙은 경위는 기억했지만 어쩌다 그 앞에 '로' 자가 붙었는지는 완전히 까먹고 말았다. 그만큼 그녀는 로보에 대해서만은 얼마든지 속 편하게 생각할 수 있었다.

'로보라면 문제없지. 중간에 좀 비뚤어진다고 해도 별일 없어. 로보는 탄력이 강한 고무줄처럼 내가 신경 쓸 새도 없이 제자리에 돌아와 있을 거야. 꾸준히 노력하면 나중에 하급 공무원 정도는 되겠지. 톱니바퀴가 척척 맞아 돌아가듯 분에 넘치지도 부족하지도 않은 사람을 만나 나처럼 청약 적금을 붓고 집의 평수를 늘려 가며 안정된 생활을 누릴 거야.'

그녀는 이런 생각을 할 때면 소리까지 내어 기분 좋게 웃을 수 있었다.

하지만 로보의 방은 집에서 가장 좁은 베란다 방이었다. 어딘지 알 수 없는 방향으로 튀는 것보다는 속물적인 게 낫다는 두연 씨의 믿음 덕분에 보보는 값비싼 옷과 화장품, 장난감과 건강식품, 최신 전자 기기들을 아쉬움 없이 누렸다. 그래서 그렇지 않아도 좁은 로보의 베란다 방은 언니 방에서 쓸모없어진 물건까지 쌓여 점점 좁아졌다.

로보는 바퀴가 부러진 무선조종 헬리콥터, 아무짝에도 쓸모없는 천 개의 검정 바둑알, 목이 떨어져 나간 피규어, 눌러 짠 치약 통, 쓰다 만 공책들, 먼지 낀 양초, 말라붙은 노루 배꼽, 망가진 선풍기, 찢어진 모기장 틈에 끼여 시간을 보냈다. 보보가 학원에 가고 새로운 캠프에 가고 쇼핑을 할 때도 로보는 그 작은 방에서 혼자 시간을 보냈다. 로보에게는 어쩐지 우울하지 않을 수 없는 어린 시절이었다.

독감 속에서 탄로 난
로보의 정체

로보는 언니의 잡동사니를 뒤적이다가 좀이 기어 다니는 두꺼운 책을 집어 들었다. 언니는 쓰지 않는 물건이라도 자기가 버렸다고 생각하기 전에는 손대지 못하게 했다. 이 책은 몇 년 전에 산 세계문학전집에 끼어 있던 것이다. 읽고 싶었지만 책장이 구겨진다. 손때가 묻는다 하도 잔소리를 해서 읽어 보지 못했다. 결국 언니는 몇 권을 건성으로 읽다 싫증이 나자 로보의 방으로 보내 버렸다. 물론 이때쯤이면 로보도 그 책들에 흥미를 잃어 거들떠보지도 않았다. 책들은 하나같이 실제로 낡았다기보다는 정서적인 면에서 폐품의 기질이 다분해 보였다.

밖에서 엄마가 신경질적으로 로보를 불러 댔다.

"로보야, 박로보."

"왜?"

로보는 방문도 열지 않고 대답했다. 귀찮았다. 언제부턴가 로보는 엄마가 부르기만 해도 짜증이 났다. 엄마는 자질구레한 심부름을 시킬 때만 불렀다. 평소에 공부하라고 잔소리를 하거나 성적이 나쁘다고 혼내지는 않았지만 밤새 게임을 하거나 끼니를 제때 챙겨 먹지 않아도 내버려 두었다. 때때로 물을 마시러 주방에 갔다가 엄마와 마주칠 때면 로보는 흠칫 놀라곤 했다. 식탁에 앉아 있던 엄마가 멍하니 고개를 들었다. 조금은 놀란 듯한 눈초리엔 엄마 특유의 무관심이 서려 있었다. 로보는 어색함을 견디며 미소 지어 보려 했지만 엄마는 그 순간 누구도 보고 있지 않았다.

'만약 세상에 잡다한 심부름거리가 전부 사라져 버린다면 나도 사라질 거야.'

특별히 염세적으로 굴려는 건 아니지만 방에 누워 있을 때면 종종 이런 생각이 들었다.

"이모한테 좀 다녀와."

"왜에?"

"어제 산 갈치 이모 갖다 드리고 와."

"싫어. 왜 또 나야?"

"엄마는 출근하잖아."

"그럼 아빠더러 하라고 해. 오늘 아빠 늦게 출근하는 날이잖아."

소파에 앉아 신문의 부고란까지 빠짐없이 들여다보던 아빠가 끼어들었다.

"그런 건 네가 전문이잖아. ……아이고, 세상에! ST그룹 초대 회장의 여섯째 아들의 손자며느리가 죽었다네. 아이고, 이를 어쩌나, 젊은 나이에 아까워서 어떡해…… 쯧쯧."

아빠는 말이 끝나기도 전에 무슨 새로운 기사를 읽었는지 벌써 낄낄거리고 있었다.

"아, 몰라. 언니한테 갔다 오라고 해."

로보는 이불을 휘감고 빽빽 소리를 질렀다.

"보보는 이따 학원 가야 하잖아. 로보야, 다녀오면 용돈 줄게."

"싫어. 나 오늘은 움직이기 싫단 말이야. 몸도 아프고."

순간 문이 벌컥 열렸다.

"보자 보자 하니까 이 녀석이 끝이 없네. 당장 다녀오지 못해? 우리 집에서 한가한 사람이 너밖에 더 있어? 종일 방에서 뒹굴기만 하는 게 무슨 말이 그렇게 많아?"

로보는 엄마에게 등짝을 얻어맞고서야 일어났다. 엄마는 토막 낸 생갈치를 담은 아이스박스를 로보 손에 억지로 들리고 문밖으로 떠밀었다.

중학생이 되고 처음으로 맞는 여름방학이었다. 하지만 로보는 월요일과 목요일 아침에 우유를 꺼내 올 때와 심부름 갈 때를 제외하면 좀처럼 방에서 나오지 않았다. 하품 한 번 하고 컴퓨터 하다 하품 두 번 하고 컴퓨터 하다 하품 세 번 하고 잠이 들곤 했다. 건물 입구에 앉아 치직거리는 라디오에 인생의 절반을 흘려보내는 경비처럼 자신을 소모시키는 데 익숙했다.

이모네 집은 자전거로 삼십 분쯤 걸렸다. 원형 탈모 자국처럼 기이하게 개발의 손길이 비껴간 경기도 북부 끄트머리에 나이 많은 이모가 살고 있었다. 이모는 손질하지 않은 넓은 정원이 있는 집에서 혼자 살았다.

로보는 자전거 페달을 밟으면서 중얼중얼 불평을 해 댔다. 하천을 따라 나 있는 자전거 길을 달렸다. 왜가리가 먹이를 잡으려고 꼼짝 않고 서 있었다. 오리 떼가 모래톱에 앉아 졸았다. 햇살은 뜨겁지만 습도가 낮은 맑은 날이었다. 로보는 기분이 조금 나아졌다.

로보가 두통을 느낀 건 하천 위로 둥글게 솟은 능골교를 지날 때였다. 새벽에도 편두통이 왼쪽 관자놀이를 파고들었다. 로보는 쉬어 갈 생각으로 가까운 공원에 자전거를 멈추었다. 티셔츠를 무릎 아래로 힘주어 잡아 늘인 것처럼 하늘이 무릎 높이까지 내려와 수직으로 한없이 펼쳐져 있었다. 공원에는 그늘을 만들지 못하는 어린 잣나무 몇 그루뿐이었다. 벤치에 앉자 두통이 더 심해졌다. 로보는 습관적으로 휴대폰을 꺼내 만지작거리다 모바일 메신저에 접속했다. 다행히 같은 반 친구 해빈이 있었다. 로보는 등을 구부리고 발을 떨며 말을 걸었다.

— 뭐 하삼?

—그냥 있어. 넌?

—돌곶공원. 심부름 가는 길에 잠깐 쉬고 있어. 넌 집?

— 응.

—그렇군. 나 심심해. 노라 줘.

— 응.

—도타 미니 앨범 들어 봤어?

— 응. 완전 간지 나.

—〈오렌지 주스 1/2컵〉 완존 좋아.

─ㅋ. 난 〈네버 엔딩 파이트〉.

─심심해.

─응.

─방학인데 흑. 너 내일 생일이지?

─응.

─뭐 해?

─그냥 친구들이랑 파티하고.

─나도 갈까?

─글쎄, 아직 약속 정한 건 아니고……. 너랑 별로 안 친한 애들도
 있어서.

로보는 기분이 상했다. '나랑 안 친한 애 누구?'하고 보내려
다 그만두었다.

―응, 그렇군.

로보는 마음을 꾹 누르고 답했다. 성마른 인사밖에 할 수 없을 만큼 민감해졌다.

―나 이제 학원 가야 돼. 심부름 잘해.

―잘 가.

―너 심부름 가다 한눈팔면 늑대한테 잡아먹힌다. ㅎㅎ.

'치, 너나 잡아먹지 마라.'

로보는 마지막 말은 속으로 삼켰다. 메신저를 끝내고 나니 견딜 수 없는 무료함이 몰려왔다. 친구들과의 관계는 매번 이런 식이었다. 아무 때나 말을 걸 수는 있지만 거기까지였다. 설사 상대가 상냥한 어투로 듣기 좋은 말을 한다 해도 진짜 기분이 좋아지지는 않았다. 목마를 때 아이스크림을 먹은 기분이랄까. 먹는 동안엔 시원했지만 금세 더한 갈증이 몰려왔다.

로보는 이맛살을 찌푸리고 가방을 뒤지다 무심코 넣어 온 언니의 낡은 책을 발견했다. 흥미를 느끼는 건 아니었지만 딱히 다른 할 일이 떠오르지 않았다. 로보는 첫 페이지의 가격과 오류

검증서, 헌사와 서문부터 꼼꼼히 읽어 나가기 시작했다. 잠시 뒤 피부색이 얼룩덜룩해질 정도로 책에 몰두하게 된 건 이례적인 일이었다.

　그녀가 흠뻑 빠져든 책은 프랑스 작가 장 미셸의 『완전한 도둑』이었다. 두통과 심부름은 어느새 잊어버렸다. 식은땀이 뼛속 깊이 맺혔다. 긴장에서 벗어날 수가 없었다. 로보는 계속해서 책을 읽었다. 그사이 목덜미와 수그린 이마가 새빨갛게 타는 것도 알아채지 못했다. 둥글게 휘어진 길 끝에 살찐 커다란 고양이가 나타난 건 한참 전이었다. 고양이는 전용 레드카펫이라도 깔려 있는 양 우아하게 걸어와 로보와 조금 떨어진 벤치 밑에 앉았다. 광택을 잃은 흰 털이 새까맣게 더러워져 있었다. 그러나 고양이의 표정을 보면 그런 것에는 한 번도 신경 쓴 적 없이 살아온 듯했다.

　로보는 책을 끝까지 읽지 않고 겨우 몇 장을 남겨 두고 덮었다. 숨이 가빴다. 상기된 얼굴로 하늘을 올려다보았다. 어느덧 어둠이 반투명하게 드리워져 있었다. 차가운 달이 도드라졌다. 사람이 발로 밟을 수도 있는 땅과 구덩이, 봉우리, 골이 깊은 도랑까지 있는 달이 저토록 가뿐하게 허공에 떠 있는 게 생경했다. 어쩐지 책의 내용이 하나도 기억나지 않았다. 다만 새로운 것에 대해 생각해 보고 싶은 열망만이 차올랐다. 그렇다고 정말 무슨 생각을 할 수 있는 건 아니었다.

그제야 로보는 머리가 빙빙 돈다는 걸 깨달았다. 눈은 따갑고 속은 타는 듯 뜨거웠다. 서둘러 일어나려 했지만 다리에 힘이 없었다. 아이스박스를 열어 보니 얼음팩이 녹아 흐물흐물했다. 갈치는 상한 정도는 아니었지만 역겨운 냄새를 풍기고 있었다.

'전부 엉망이야.'

로보는 비참한 기분이 들었다.

'나는 이러다 죽을지도 몰라.'

열이 올라 더욱 붉어진 이마로 생각했다.

'엄마는 하필 오늘 같은 날 심부름 시킨 걸 평생 후회하게 될 거야. 돌곶공원에 쓰러져 죽어 있는 날 발견하게 될 테니 말이야.'

키에 딱 맞는 벤치에 누워 죽어 있는 자신의 모습이 떠오르자 로보는 조금 슬퍼졌다. 눈물까지 날 것 같았다. 하지만 로보가 울 때면 놀리지 못해 안달하던 언니 생각이 나 꾹 참았다.

'역시 죽는 건 별로야. 울기까지 할 뻔했잖아. 그럴 바에야 차라리 도둑이 되는 편이 낫겠어.'

실제로 열이 펄펄 끓기 시작한 로보는 되는 대로 생각을 이어 나가고 있었다. 그러다 도둑에 대한 생각이 미치자 차가운 가제 수건을 이마에 댄 것처럼 기분이 좋아졌다. 방금 읽던 책에 나오는 도둑의 이름도 순간적으로 떠올랐다. 그가 지나가고 난 뒤에는 풀잎 흔들리는 소리밖에 남지 않는다고 해서 그는 '풀잎'이라고 불렀다.

하지만 다음 순간 로보는 기겁해 펄쩍 뛰어올랐다. 열어 놓은 아이스박스로 고양이 떼가 몰려들고 있었다. 어디서 오는지 점점 수가 불어났다.

'어쩌지? 이를 어쩌면 좋아? 엄마한테 혼날 거야. 용돈이고 뭐고 엄청나게 혼나고 말 거야. 길 고양이가 얼마나 더러운데…… 엄마는 내가 고양이와 마주쳤다는 것만 알아도 기겁할 거야. 병균이 옮았다고 나까지 통째로 내버리려 할지도 몰라. 어떻게 된 애가 심부름 하나 제대로 못하냐고 호통을 치겠지. 하지만 엄마는 나한테 심부름밖에 시킨 적이 없잖아. 뭔가 다른 일을 시켰으면 잘했을지 누가 알아.'

이번에야말로 정말로 눈물이 나려 했다. 로보는 겁에 질려 아이스박스 뚜껑을 닫고 지퍼를 잠갔다. 고양이 떼가 낮게 으르렁댔다. 그녀는 서둘러 자전거 앞 철제 바구니에 아이스박스를 실었다. 고양이 떼가 날카로운 소리를 내며 뒤따랐다. 캐릭터 상품이나 애니메이션으로 말고는 동물을 가까이해 본 적 없는 그녀는 정신이 나갈 지경이었다.

허둥지둥 왼발을 페달에 올리고 오른발을 굴러 반동으로 자전거에 올라타려던 로보는 현기증에 휘청거렸다. 그때 휴대폰에서 메신저 알림 소리가 났다. 물론 메신저 같은 건 무시해야 했지만 손은 반사적으로 가방을 뒤져 휴대폰을 꺼내고 있었다. 고양이 떼가 그녀를 에워쌌다. 금방이라도 덤벼들 듯 위협적이었다. 그래도 미취학 아동일 때부터 휴대폰에 길들여진 그녀는 메신저를 확인하지 않고서는 배길 수가 없었다.

— 안뇽하사?

이상한 말투에 처음 들어 보는 닉네임 '이빨고양이' 님의 말이었다. 로보는 재빨리 이빨고양이의 프로필을 열어 보았지만 아무것도 기재되어 있지 않았다.

— 뭘 그렇게 서둘러?

— 남이사, 뭔 상관? 너 나 알아?

— ㅋㄹ. 중요한 건 그런 게 아니지.

— 어디서 변태 같은 녀석이. 너 내 번호 어떻게 알았어?

— 그보다 중요한 건 네가 갈치를 가지고 있다는 거 아니겠어? ㅋㄹ.

순간 로보의 머리털이 쭈뼛 섰다. 그녀는 주위를 둘러보았다.

자신을 향해 으르렁거리는 고양이 떼 말고는 누구도 눈에 띄지 않았다.

ㅡ너 누구야? 어디서 날 엿보고 있는 거야?

ㅡ헤헤헤헤. 이그르르. ㅋㅋㅋㄷ.

히죽거리는 이모티콘이 연달아 터졌다. 순간 로보는 미세하게 신경을 긁는 웃음소리를 듣고 불길하게 시선을 돌렸다. 별다른 시설물이 없는 공원에는 어린 잣나무 아래 벤치가 하나씩 형식적으로 놓여 있었다. 피치 못할 사정이 아니면 좀처럼 들르지 않을 것 같은 맥 빠진 풍경의 공원은……. 거기였다. 빈 벤치 아래 말 그대로 이빨을 드러낸 고양이가 있었다. 이빨고양이는 '나야, 나.' 하고 손을 흔들듯 천천히 눈을 깜박였다. 그 행동이 얼마나 부드럽게 느껴졌는지 하마터면 로보도 손을 들어 보일 뻔했다. 고양이는 발톱을 세워 휴대폰의 문자판을 치고 있었다. 획 추가와 쌍자음까지 능숙하게 눌러 댔다. 아무리 바라봐도 흠잡을 데 없이 자연스러운 모습이었다.

ㅡ낄낄 키룩키룩!

— 설마 너, 정말 거기 있는 고양이?

— 그렇다고 봐야지.

— 어떻게 고양이가 휴대폰을!

— 요즘 세상엔 널린 게 공짜 폰이잖아. 굳이 덧붙이자면 장소의 문
  제이기도 하고.

대수롭지 않다는 투였다.

— 장소? 문제?

— 경계가 허물어지는 곳은 어디쯤 있게 마련이지.

로보는 혼란스러웠지만 고양이의 행동이 너무 자연스러워 상
황의 기묘함을 쉽게 간과했다. 로보를 둘러싸고 있는 고양이 떼
는 언제부터인가 조용해져 있었다. 그들은 협상이 제대로 되어
간다고 믿고 있는 눈치였다.

이빨고양이는 눈물 없이는 들을 수 없는 길 고양이들의 배고
픔을 품위를 잃지 않으면서도 처절하게 하소연했다. 감동한 로

보는 앞뒤 생각할 겨를도 없이 갈치를 꺼내 던져 주었다. 고양이 떼가 득달같이 달려들어 뜯어 먹었다. 그녀는 빈 비닐봉지를 들고 한쪽에 쭈그리고 앉았다. 한참 동안 배를 채우던 이빨고양이가 느릿느릿 다가와 로보 앞에 배를 깔고 엎드렸다. 로보는 고양이의 목덜미를 만져 보았다. 몽롱했다. 감각이 미지근한 물처럼 손가락 사이로 새어 나가는 것 같았다. 처음이었다. 체온이 있는 동물을 만져 보는 것은.

공원이 아주 어두워졌다. 고양이들이 모두 빠져나갔다. 그제야 정신이 든 로보는 오한을 느꼈다. 바닥은 낮의 열기로 여전히 뜨거웠다. 밤이라 해도 여름 한가운데였다. 그러나 로보는 부들부들 떨었다. 손에선 비린내가 진동했다. 천천히 몸을 일으켜 자전거로 걸어갔다. 공원이 그녀가 걸을 때마다 조각배처럼 기우뚱댔다. 세상이 변하고 있는 건지 자신이 변하고 있는 건지 알 수 없었다. 그러나 뭔가가 변하고 있다는 것만은 분명히 느낄 수 있었다.

'이모는 고양이들보다 훨씬 부자니깐 뭐든 적당히 사서 드시겠지.'

본인은 의식하지 못했지만 열 때문에 발작까지 나고 있던 로보는 이런 생각을 했다. 난생처음으로 유쾌한 기분이 되었다.

로보가 집에 왔을 때 아무도 없었다. 빈집에 내려앉은 어둠이 입구가 풀어진 자루처럼 흐물거렸다. 로보는 그 와중에도 욕실에서 손을 씻고 세수를 하고서야 방으로 갔다. 푹 고꾸라져 머리끝까지 이불을 뒤집어썼다. 재채기가 나고 몸이 달달 떨렸다. 안방에 가서 이불을 더 가져오든지 보일러를 올려야 했다. '일어나야지, 일어나야지.' 그러기만 하다 얕은 잠에 빠져들었다.

보보가 돌아왔다. 보보가 현관문 비밀번호를 누르는 리듬은 누구와도 달랐다. 언니라는 걸 안 순간 로보는 자기도 모르게 정신이 들었다. 보보가 현관문을 쾅 닫고 들어왔다. 신발을 벗어 던졌다. 가방을 현관 입구에 철퍽 내려놓고 거실 불을 켰다. 옷을 벗으며 자기 방으로 갔다. 씻고 잠옷으로 갈아입었다. 물을 마시고 물병을 바닥에 두었다. 소파에 앉아 텔레비전을 켰다. 로보는 언니를 불렀지만 소리가 나오지 않았다.

얼마 뒤 보보가 뭔가를 감지했는지 로보의 방에 들어왔다.

"뭐야? 너 있었어? 왜 불도 안 켜고 그래?"

"언니, 나 아파."

"뭐라고? 야, 크게 말해. 안 들려."

"나 아파."

로보가 가까스로 다시 말했다.

"뭐? 아프다고?"

드디어 보보가 들었다. 로보는 기뻤다. 그러나 자기도 모르게 비명을 질렀다. 보보가 로보의 다리를 밟아 버렸다. 로보는 화들짝 놀라 눈물이 그렁그렁 맺혔다.

"언니, 왜 날 밟아?"

"어차피 아프니까."

보보가 무표정한 얼굴로 문을 닫고 나갔다.

엄마는 이모에게 로보가 갈치를 가지고 오기는커녕 종일 코빼기도 비치지 않았다는 전화를 받고 화가 머리끝까지 나서 집으로 돌아왔다. 보보에게 로보가 잔다는 얘기를 듣고 깨우지는 않았다. 그러나 밤늦도록 분을 삭이지 못해 괜한 트집을 잡아 남편에게 화를 냈다. 움직이지 않는 입술에서 흘러나오는 그녀의 목소리가 발 없는 유령처럼 음산하게 떠다녔다. 이 순간 로보가 얼마나 외롭게 수만 가지 악몽에 시달리고 있는지 아는 사람은 없었다.

밤이면 잠동사니들이 더욱 엉겨 붙는 듯한 좁은 방에서 로보는 헛소리를 하며 기분 나쁜 꿈을 꾸고 있었다. 비몽사몽간에 희미하게 의식이 돌아올 때면 몸 구석구석 아프지 않은 데가 없었다. 뼈마디가 욱신거리고 머리는 쪼개질 것 같았다. 로보는 고통을 피하기 위해 난데없이 비굴해졌고 자신을 배신할 수 있는 만큼 배신하려 들었다. 알 수 없는 수치심이 들기도 했다. 그러던 중 로보는 도둑 꿈을 꾸게 되었다. 그것은 그녀에게 가장 신선하고 행복한 순간이었다.

풀잎이라 불리는 그는 시계만 훔치는 도둑이었다. 그는 연기나 바이러스처럼 잠입해 다른 것은 손대지 않고 오직 시계만 훔쳤다. 사람들의 손목에서, 벽에서, 침대밑에서, 책상 위에서 어느 날 시계는 시간이 끝나 버린 것처럼 사라졌다. 그는 유복한 가정에서 영재 소리를 들으며 명랑하게 자랐다. 그러다 어린 시절의 시각적 사고에서 추상적 사고로 넘어오지 못한 것 외에는 별다른 경위 없이 도둑이 되었다. 그는 시각적 사고 덕분에 뛰어난 기억력을 가졌지만 인지능력은 이차원에 머물고 말아 '무한' 같은 개념을 이해하지 못했다. 때문에 학업성적은 우수하다 해도 일종의 장애를 안고 있는 셈이었다.

음식 냄새가 가신 차갑게 식은 주방 한쪽에 냉장고가 서 있었다. 그 속에서 달걀이 세균의 침입에 맞서 외로이 라이소자임을 내뿜는 순간이면 풀잎은 대개 방범창을 뚫고 남의 집 어두운 거실에 서 있었다. 어느 날 그는 고른 치아처럼 가지런히 정돈된 물건들을 바라보다 모든 것을 다 훔치고 싶다는 생각을 하게 되었다.

먼저 집 한 채를 생각했다. 그리고 그 안에 채워 넣을 가구와 크고 작은 살림살이, 생필품, 귀중품, 사치품을 세밀하게 떠올렸다. 그는 실제로 바라보고 있는 듯 커튼이 바람에 날리는 모양과 그림자가 생기는 방향까지 꼼꼼히 생각했다. 어떤 생각을 하면 그것이 즉시 시각적 이미지로 떠올랐기 때문에 이런 작업에 지나치게 매료되었다. 방구석에 쌓일 먼지, 연필꽂이에 꽂힐 가위의 색깔, 바둑알의 개수까지 상상으로 관여했다. 그리고 시간을 들여 그것들을 일일이 목록으로 만들어 나갔다. 그러면서 점점 만일 자기가 모든 것을 훔칠 수 있다면 빅뱅이 일어나기 전에 우주가 한 점이었듯 자신의 집이 세상을 압축한 한 점이 될 거라는 생각에 사로잡히게 되었다.

그러나 풀잎의 계획은 처음부터 난관에 부딪쳤다. 다른 것들은(기둥이나 지붕도 힘들긴 하겠지만) 어찌어찌 훔칠 수 있을 것 같은데 땅만은 도무지 방법을 알 수가 없었다. 땅은 애초에 그곳에 있었다. 흙을 퍼 온다고 땅을 옮길 수 있는 건 아니었다. 서류를 위조해 남의 땅을 가로챈다 해도 땅은 그 자리에 있었다. 풀잎은 고민을 거듭할수록 땅을 훔치는 건 불가능하다고 생각했다. 누군가가 땅을 소유한다는 개념도 허상이라고 여기게 되었다. 결국 풀잎은 고민으로 머리가 하얗게 타 버리기 직전에야 누구의 땅도 아닌 무성하게 우거진 북쪽 숲의 우람한 느티나무 위에 자신의 집을 짓기로 결정했다.

풀잎은 기상천외한 방법을 동원해 기둥, 바닥, 벽, 지붕, 싱크대와 타일, 형광등, 벽지, 전선 심지어는 인부들까지 훔쳐 왔다. 전기, 수도, 도시가스도 몰래 끌어다 댔다. 그는 마술적인 솜씨로 도둑질을 했다. 얼추 집의 형태가 갖춰지고 나서는 한결 수월하게 소파, 책상, 침대, 의자, 식탁을 훔쳤다. 서랍장에 넣을 속

옷, 양말, 구급약 상자, 공기 정화용 숯, 벽에 걸어 놓을 그림, 우산, 빗 같은 자질구레한 물건들도 훔쳤다. 그는 십 년간 모든 것을 훔치기 위해 전력을 기울였다. 위험하고 아슬아슬한 순간들이 일상적으로 지나갔다.

마침내 더 이상은 부러진 바늘 반 조각도 생각해 낼 수 없을 만큼 모든 물건을 훔쳤을 때 그는 작업을 그만두었다. 부족한 건 없었다. 그동안 숲은 더욱 울울창창해져 밖에서는 보이지 않게 되었다.

로보는 이것이 새로운 꿈인지 공원에서 읽은 소설의 잔상인지 분간하지 못했다. 그러나 그녀는 간헐적이나마 끈질기게 도둑 꿈을 꾸었다. 그사이 뒤늦게 로보의 상태를 알게 된 가족들은 혼비백산해 로보를 병원에 데려갔다. 신종플루였지만 간단한 처치만 받고 집에서 치료해도 된다는 말에 집으로 데려와 간호했다.

로보는 사흘간 회복되지 않았다. 나흘째가 되어서야 흠뻑 땀을 흘리며 증상이 가라앉기 시작했다. 그렇게 몸 상태가 나아지면서 도둑 꿈도 중단되었다. 간질간질한 손끝의 욕망으로 새로운 세계를 만들어 가던 풀잎의 도둑질이 사라졌다. 풀잎이 한 가지씩 훔칠 때마다 더 뚜렷해지던 로보의 윤곽이 흩어졌다. 로보는 반대쪽으로 돌아누워 다시 꿈을 꾸려고 베개에 얼굴을 파묻었다. 풀잎의 뒤통수가 나타났다. 그가 머뭇거리더니 로보를 향해 다가왔다. 턱을 내민 채 걸어와 그녀를 낚아채더니 갑자기 몸을 돌려 달아났다. 그러나 달아나고 있는 건 로보였다. 로보는 도망치는 자신을 바라보며 서서히 줄어들었다. 정신이 맑아지면서 로보는 완벽한 상실감을 느꼈다. 자신이 텅 비어 버렸다고 생각했다. 만일 지금 엑스레이를 찍는다면 내장마저 사라져 아무것도 찍히지 않을 것 같았다.

후유증을 겪는 일주일 동안 로보는 방에서 찾아낸 다른 도둑 소설들을 밤을 새워 가며 읽었다. 뇌가 푸석푸석 마르고 눈이 충혈된 채 그 이야기들을 사랑하게 되었다. 자신만의 환상, 그것을 품은 오래된 소외감이 그녀를 황당무계하고 편향된 세계로 이끌었다. 얼마 지나지 않아 로보의 머릿속엔 불행하고 슬프면서도 재치 넘치고 때론 과대망상에 시달리는 도둑들의 이야기가 뜨거운 열을 내는 균류처럼 가득 차올랐다. 도둑들이 지나다니는 야릇한 발자국 소리가 그녀의 귓가를 울려 댔다. 로보는 베개 옆에 수북이 쌓여 가는 책들을 황홀하게 바라보았다.

몸이 회복되어 자리에서 일어날 수 있게 되었을 때 로보에게는 오직 밤만이 존재하고 있었다. 그녀는 이미 자신을 도둑이라고 생각했다. 물론 누구나처럼 아직 완전하지는 않지만 말이다.

높이 올라가는
한 가지 방법

　로보는 침대에 앉아 깊은 생각에 잠겼다. 어둠이 내리기 시작한 창밖에선 수많은 도둑들이 모퉁이를 어슬렁거리며 울타리를 뛰어넘고 있을 것이다. 그들은 어둠과 똑같은 속도로 도시 곳곳의 틈새로 스며들고 있을 것이다. 로보는 점점 흥분되었다. 아무도 모를 때에야 진정해질 수 있는 그들이었다. 숨겨질수록 더욱 빛을 발하는 그들이었다.

　'내가 도둑이라는 건 아무도 몰라. 얼마 전까지는 나조차 몰랐으니까. 그 정도로 철저하게 숨겨지다니 난 대단한 도둑인가 봐.'

　로보는 그대로 앉아 있을 수가 없었다.

　로보가 도둑 복장을 갖추고 거리로 나온 것은 저녁 일곱 시

무렵이었다. 그녀는 검은 데님 팬츠에 비슷한 소재로 보이는 티셔츠를 입고 반 장갑을 꼈다. 가방에는 주머니칼과 나일론 줄, 손전등, 물병을 넣었다. 구멍 뚫은 테니스공을 이용하면 압력으로 차 문을 딸 수 있다는 얘기가 생각나 다용도실에서 테니스공도 찾아 넣었다.

거리엔 일상적인 소음이 깔려 있었다. 달리는 자동차 바퀴의 마찰음, 세일 행사를 알리는 확성기 소리, 뒤에서 들리는 자전거 체인 소리가 공중을 떠다니는 불처럼 지나갔다. 찬거리를 사 들고 종종걸음을 쳐 집에 가는 사람, 삼삼오오 모여 노닥거리는 사람들, 줄넘기를 하는 아이들로 길거리는 발 디딜 틈 없이 분주했다.

로보는 몇 시간이고 거리를 쏘다녔다. 벽돌길을 지나 장미 가시가 우거진 담장을 두 번 돌았다. 꽃잎을 세며 수수께끼를 내는 아이들의 얘기에 잠시 귀 기울였다. 멍하니 피아노 학원 앞에 서서 형편없는 연주를 듣기도 했다. 가로등이 깨진 뒷골목을 지나다 인적이 끊긴 외딴집을 발견했을 땐 침입해 보려고 애를 썼다. 그러나 잠긴 문은 딸 재간이 없었고 하수도 배관이나 나무, 담벼락은 기어오를 수가 없었다. 재규어처럼 눈을 반짝여 봐야 소용없었다. 로보는 다시 큰길로 나와 마냥 걸어 다녔다.

그때였다. 상가가 밀집해 있는 맞은편 거리에서 새된 비명 소리가 들렸다.

"도둑이야! 도둑 잡아라!"

로보는 도로를 가로질러 자기 쪽으로 달려오는 도둑을 보았다. 크지 않은 키에 호리호리한 몸매의 남자가 놀랄 만큼 빠른 속도로 로보를 지나쳤다. 순간 영혼의 일부가 빠져나간 것 같은 충격을 받았다. 로보는 그를 따라 내달리기 시작했다.

그는 로보로서는 도무지 본 적 없는 음침한 골목, 눈에 띄지 않는 모퉁이, 반대 방향으로 나 있는 듯한 착각이 드는 길, 마음대로 방향을 틀 수 있는 오거리를 지나 추격자들을 따돌렸다. 로보는 자꾸 눈앞에서 사라져 버리는 그의 발뒤꿈치를 놓치지 않으려고 전력을 다해 뛰었다. 뛰기 시작하자마자 견딜 수 없이 그녀를 압박해 오던 헐떡거림은 어느새인가 사라졌다. 그녀는 날고 있다는 기분이 들 정도로 가볍게 달리고 있었다. '이러다간 멈추고 싶어도 멈출 수 없겠는걸.' 하는 생각이 들 만큼 속도도 빨라졌다.

도둑은 더는 쫓는 사람이 없는데도 멈출 생각을 하지 않았다. 그는 외진 길의 덤불을 헤쳤다. 젖은 나뭇잎이 쌓인 계단을 내려갔다. 몇 달 전에 만들어진 다리를 건넜다. 육교도 쏜살같이 지났다. 그가 공사 중인 아파트 단지로 들어갔을 때는 얼마나 눈 깜짝할 새에 그곳에 닿았는지 '조금 전부터 미리 와 있었던 건 아닐까.' 하는 생각마저 들 지경이었다.

도둑이 미분양 상가가 가득한 신축 건물로 들어갔다. 건물 안에는 축축한 페인트 냄새와 본드 냄새가 진동했다. 로비 중앙은 아무렇게나 부려 놓은 시멘트 부대와 쇠기둥 더미로 어수선했다. 한쪽에 세워진 조각품과 화장실 유리에는 뜯어내지 않은 파란 비닐이 붙어 있었다.

도둑은 건물 안으로 들어가자마자 비상구로 내달렸다. 로보도 달렸다. 비상 통로를 빠져나가자 옆 건물로 들어가게 되었다. 도둑은 이번에도 비상구를 향해 달려갔다. 로보도 달렸다. 어느덧 세 번째 건물이었다. 로보는 얼핏 어둠 속에서 2층이라고 쓰여 있는 금속판을 본 것 같았지만 돌아볼 여유는 없었다. 비상 통로를 지나고 나니 다시 옆 건물이었다. 그녀는 꼬치처럼 비상 통로로 줄줄이 연결된 건물이 몇 개나 더 있을지 슬슬 궁금해지기 시작했다.

다섯 번째 건물에 다다랐을 때야 로보는 단순히 옆 건물로만 이동한 게 아니라 어느 순간부터 층수가 달라졌다는 걸 알아챘다. 한 번도 계단을 오르지 않았지만 1층에서 1층으로, 1층에서 2층으로, 2층에서 3층, 3층에서 단번에 5층으로 올라오게 되었다. 경사가 심한 지대의 높은 곳에서부터 세워진 건물들이 북쪽으로 갈수록 깊숙이 내리박혀 있었다. 도둑은 여전히 비상 통로를 달려 옆 건물로 나갔다. 로보도 따라갔다.

여섯 번째 건물에 들어선 로보는 황급히 발소리를 죽이고 화장실 옆벽에 붙어 섰다. 도둑은 벌써 사라졌다. 대신 손전등을 들고 느릿느릿 계단을 올라오는 구둣발 소리가 가까워졌다. 차트를 손에 든 건장한 사십대 남자가 손전등으로 구석구석을 비추었다. 다분히 형식적인 동작이었으나 로보는 심장이 터질 것 같았다. 남자는 무표정하지만 잔인한 시선으로 주변을 둘러보고 계단을 내려갔다.

어둠을 마신 건물은 질식할 듯 조용했다. 로보는 공포를 느끼며 비상구를 향해 걸었다. 도둑을 놓치고 말았다는 절망감으로 걸음이 무거웠다. 새로운 비상구로 갔다. 문을 열기 전에 8층이라고 쓰인 팻말을 올려다보았다. 1층과 거의 같은 높이의 8층이라니 로보의 귀에서 뜨거운 압력이 빠져나가는 것 같았다.

문을 여니 옥상이었다. 헬기 몇 대가 내려앉아도 될 만큼 넓었지만 가동하고 있지 않은 대형 환풍기 세 대 말고는 아무것도 없었다. 도둑들에게는 일반인은 알아볼 수 없는 밤의 통로가 있다고 했다. 거미줄처럼 가느다랗고 질긴 그 길을 한번 발견하면 세상 어디든 가지 못하는 곳이 없다고 했다. 그러나 이 낯선 상가 옥상에서 로보는 더는 갈 곳이 없었다.

그때 누군가 그녀를 스쳤다. 조금 전 그 도둑이었다. 그가 그녀를 지나쳐 옥상을 가로질러 달렸다. 주변이 어두워 집중을 해도 그의 모습이 자꾸 시야에서 이탈했다. 로보는 그를 쫓아 뛰었다. 뛰어 봤자 반대편 난간에 도착할 뿐이겠지만 이런저런 걸 따질 여유는 없었다.

옥상 끝에 다다른 순간 도둑이 뒤돌아보았다. 로보와 도둑과의 거리가 상당했다. 그런데도 로보는 그의 얼굴이 코앞에 다가온 것처럼 생생하게 느껴졌다. 그는 분명히 그녀를 보고 있었다. 투명할 정도로 맑은 새까만 피부에 강렬한 눈빛, 웃는 듯한 얇은 윗입술이 더 이상 가까울 수 없을 만큼 가까이 있었다. 로보는 조금만 더 달려가면 그의 얼굴을 가면처럼 자기 얼굴 위에 덮어씌울 수 있을 것 같았다. 그러나 곧 그가 고개를 돌렸다. 그의 등이 절벽이 되어 멀어졌다.

로보가 옥상을 사 분의 일쯤 가로질렀을 때 도둑이 난간을 향해 돌진했다. 뭔가 정확히 들리지 않는 말을 외쳤다. 주변 공기의 밀도와 굴곡이 미묘하게 변했다. 그가 그대로 사라졌다.

로보는 그가 사라진 난간에 바싹 붙어 아래를 내려다보았다. 흙바닥뿐이었다. 그녀는 난간에 등을 대고 주저앉아 있다가 갑자기 소스라치며 난간에서 뚝 떨어져 앉았다. 난간에 보이지 않는 구멍이라도 뚫려 있는 건 아닌지 겁이 났다.

밤이 깊었다. 어느덧 휴대폰의 시계는 열한 시를 향하고 있었다. 무음으로 해 둔 휴대폰은 비어 있었다. 그녀가 밖으로 나간 걸 가족 중 누구도 눈치채지 못한 모양이었다. 까마귀 한 마리가 날아갔다. 로보는 메신저에 접속했다. 친구들은 모두 잠들었거나 아니면 남몰래 들어가기로 접속해 있는지 눈에 띄지 않았다. 다행히 접속을 끊기 전 누군가 말을 걸어왔다.

―안녕하사?

이빨고양이였다. 로보는 누구하고라도 말을 하고 싶었기 때문
에 반가웠다.

―안녕? 어디야?

―돌곳공원.

―오늘은 뭐 좀 먹었어?

―쓰레기 봉지 뒤지는 신세가 그렇지 뭐. 넌 뭐 해?

―난 글쎄…… 높은 곳에 와 있어.

―거기서 뭐 해?

―모르겠어.

―왜 올라갔는데?

로보는 생각했다.

—어쩌면…… 더 높은 데로 올라갈 줄 알고.

—그런데 막상 올라가 보니 그럴 수 없는 사정이다?

—웅. 여기가 가장 높은 곳이야.

—그래서?

—어떡해야 좋을지 모르겠어.

—내려오기는 싫다?

로보는 말이 없었다.

—헤헤헤헤, 이그르르~ 맞아, 맞아, 나도 지붕 타고 가장 높은 곳
  에 올라가면 내려오기 싫어.

—그럼 어떻게 해?

—더 높이 올라가.

—더 높이?

—허공으로 몸을 날려. 붕~ 뭐 이런 느낌으로랄까. 금방 바닥으로
떨어지기야 하지만 그 순간만큼은 가장 높단 말이지. 나 이제 가
야 돼. 배터리가 별로 없어.

—배터리 어떻게 충전해?

—편의점. 이런 시간엔 가끔 점원이 조니까. 안녕.

로보는 휴대폰을 가방에 넣으며 어쩌다 고양이와 안면을 트
게 돼 이런 대화까지 나누게 된 건지 한심한 생각이 들었다.
'잠시만, 이빨고양이도 도둑일지 몰라. 그래, 그러니 나랑 말
이 통한 거야. 나도 도둑이니까.'
그녀는 기분이 좋아졌다. 조금 전에 자기 앞에서 사라진 도
둑, 그의 새까만 얼굴과 강렬한 눈빛이 떠올랐다.
'그 도둑이 뭔가를 외쳤어. 그건 암호야.'
도둑이 외친 말의 음률이, 첫 글자의 파열음이 물속에서 건져
올린 조개처럼 반짝였다.

'맞아, 네 글자야. '피'로 시작하는 네 글자였어.'

여기까지 생각이 미치자 로보는 기뻐 어쩔 줄을 몰랐다. 그녀는 난간에서 스무 걸음쯤 떨어져 호흡을 가다듬은 뒤 난간을 향해 달렸다.

"피라미드."

차마 정면으로는 부딪치지 못하고 몸을 틀어 왼쪽 팔을 난간에 부딪쳤다. 아프기만 할 뿐 아무런 일도 일어나지 않았다. 그러나 이제부터가 시작이었다. 로보는 자신이 도둑이기 때문에 반드시 암호를 알아낼 수 있다고 믿었다.

로보는 계속해서 부딪쳤다. '피하조직' '피죽바람' '피치카토'가 소용없자 '피차일반' '피크르산' '피장파장' '피오르드' '피어나다'까지 외쳤다. 바닥에 씩씩대며 주저앉은 그녀는 팔에 멍이 든 채 난간을 쏘아보았다. 그러면서도 머릿속에서는 '피'로 시작되는 네 글자의 단어가 끊임없이 떠올랐다. 생각지도 못했던 단어들, 막상 발음하고 나면 무슨 말인지 어리둥절해지는 것까지 떠올랐다. 마치 누군가 지식을 빌려 주고 있는 것 같았다. 다음으로는 '피식피식'과 '피마자유'를 시험해 볼 생각이었다.

로보는 가방에서 물을 꺼내 목을 축였다. 문득 아까 초등학생 서넛이 모여 꽃잎을 세며 하던 얘기가 떠올랐다. 미지근한 보리차를 꼭꼭 씹어 마셔 갈증이 잦아들자 초등학생들이 어린이집 화단에 앉아 있던 장면이 선명해졌다.

밝은 조명 아래 쪼그리고 앉은 아이들이 수수께끼 책을 들고 클로버, 채송화, 코스모스, 금잔화의 꽃잎을 세고 있었다. "와, 정말이네. 클로버 잎은 세 장이야." "채송화는 다섯 장, 우아! 신기해. 코스모스는 여덟 장이야." 아이들이 떠들어 댔었다.

로보는 남쪽을 바라보았다. 자신이 통과해 온 건물들이 줄지어 있는 게 한눈에 들어 왔다. 로보는 그 건물들을 1층에서 1층으로, 1층에서 2층으로, 2층에서 3층으로, 5층으로, 8층 옥상까지 차례로 통과해 왔다. 그 기이한 구조가 그녀의 머릿속에 의미 있게 나열되기 시작했다. 피라미드의 축조 과정에도 이런 수의 원칙이 사용되었다고 했다.

로보의 머리털이 곤두섰다. 그녀는 이 순간 믿을 수 없을 만큼 명석해져 있었다. 아이들이 말했었다.

"그게 피보나치수열이래."

그녀는 맹렬히 난간을 향해 달렸다. 이번에는 몸을 비틀지 않고 정면으로 달려 나갔다. 날쌔고 유연한 무릎이 먼저 닿도록. 새로운 세상에 먼저 닿도록.

"피보나치."

로보는 난간을 통과했다. 허공으로 붕 떠오른 그녀 앞에는 그들의 세계가 펼쳐져 있었다.

도둑 세계

　어두웠다. 로보는 자신의 발이 어디쯤에 쑤셔 박혀 있는지 가늠할 수가 없었다. 어둠이 지독해 누군가 뇌를 제외한 모든 것을 다 훔쳐 간다 해도 알아차리지 못할 것 같았다.

　수천 마리의 새 떼가 한꺼번에 날아오르기 시작했다. 껍질이 벗겨지는 것 같은 착각이 들었다. 흰눈썹황금새, 북방쇠찌르레기, 산솔새, 굴뚝새, 박새가 날아오른 자리에 물옥색 빛을 뿜는 거대한 성채가 드러났다.

　"움직이지 마."

　누군가 그녀의 어깨를 건드리며 속삭였다. 로보는 두려움을 느끼며 뒤돌아보았다. 아까 그 도둑이었다. 그는 가볍게 날아 희

뿌연 어둠 속으로 사라졌다. 로보도 따라가고 싶었지만 한 발짝도 뗄 수 없었다. 그가 사라진 허공이 아무 방향감각도 없이, 거의 느껴지지 않게 일렁이며 짙은 어둠보다 더한 공포감을 자아냈다. 로보는 얼른 성채 쪽으로 고개를 돌렸다.

로보 앞으로 드러난 성채는 높쌘구름에 뒤엉켜 아랫부분은 보이지 않았다. 한없이 쌓아 올려진 물옥색 바위들은 하늘을 기어오르는 듯했고 주변 공간을 베어 먹으며 점점 커져 가는 것 같았다. 밧줄을 수십 개씩 드리우고 있는 한쪽 절벽엔 괴상한 기계들이 다닥다닥 달라붙어 있었다. 로보는 그 압도적인 형상과 크기를 바라보다 자기도 모르게 고개를 숙였다. 계속해서 바라보다간 무아경에 빠질 것 같았다. 로보의 발목으로 공기 방울 무늬가 또렷한 구름이 한 조각 밀려와 감겨 있다가 흩날렸다.

옆으로 한 량짜리 전차가 지나갔다. 소리 없이 미끄러지며 너무 조용한 게 미안했던지 고양이 목에나 달면 어울릴 것 같은 방울을 울려 댔다. 로보는 그 소리에 천천히 정신을 차렸다. 그러고 보니 주위에 상당수의 아이들이 있었다. 무슨 일인지 다들 분주해 보였다.

그때였다. 높쌘구름이 순식간에 걷히더니 성채를 둘러싼 문 중 하나가 튕겨져 나왔다. 기와를 얹은 문이 활짝 열린 채 로보를 향해 돌진했다. 로보는 멍하니 쳐다보고만 있었다. 놀랄 겨를도 없었다. 문은 로보 코앞에서야 쾅 소리를 내며 멈췄다. 로보의 넋은 이미 1미터는 날아가 뒹굴고 있었다.

"드디어 문이 움직였어."

저쪽에서 소리를 질렀다. "서둘러." "말도 안 돼!" "이러다간 늦어." "쟤는 어떻게 안 거야?" "빨리 뛰어." "세상에!" "쟨 누구야?" 여기저기서 다급하게 외치는 소리에 바닥에 뒹굴고 있는 로보의 넋이 돌아올 겨를이 없었다. 불과 오 분도 지나지 않아 아이들이 로보 뒤로 줄을 섰다.

"야, 대단한……데…… 어떻게……."

바로 로보 뒤에 선 아이가 얼마나 달렸는지 거친 숨을 몰아쉬며 말했다.

"그 많……은 징후를 다…… 읽은 거야? 무섭지 않았…… 어?"

로보는 문득 고양이 떼에 쫓길 때보다는 나은 기분이 든다는 걸 깨닫고 뒤를 돌아보았다. 한 소녀가 웃는 건지 우는 건지 놀란 건지 화난 건지 알 수 없는 표정으로 헐떡대고 있었다.

"어차피 선착순 백 명 안에만 들면 되지만, 그래도 정말 놀랐어. 솔직히 말도 안 되는 일이야. 넌 어떻게 여기란 걸 안 거야? 난 북쪽이란 것까지는 알았지만 몇 시 방향 문인지는 도통 모르겠던데……. 게다가 넌 여기 방금 온 것 같은데, 미리 알아냈던 거야? 정확한 시간까지 알고 있었어? 넌 어느 예비 학교 다녔어?"

소녀의 말투에 질투가 섞여 있긴 했지만 악의는 없었다.

"네가 꼼짝 안 하고 있는 걸 보긴 했는데 설마 여기라고 확신하고 있을 줄이야. 그런 건 상상도 못 했어. 그리고 구름에 엉켜 있어서 잘 보이지도 않았잖아. 그런데도 금방 방향을 찾았어? 어떻게 한 거야?"

말할 때마다 소녀의 윤기 나는 뺨에 보조개가 들어갔다. 로보는 그 쾌활한 기세에 눌려 입도 벙긋하지 못했다. 갑자기 소녀가 환호성을 질렀다. 로보는 그녀의 시선을 따라 앞을 보았다.

어느새 앞에 있는 문이 열렸다. 로보는 문이 다시 달려들기라도 할까 봐 움찔했다. 그러나 잠잠했다. 잠시 뒤 시멘트색 셔츠를 입은 노인이 나왔다. 노인과 눈이 마주친 로보는 그가 무슨 말인가를 했다고 느꼈다. 로보는 '뭐라고 하셨어요?' 하고 물으려 했지만 마음이 격렬하게 뒤집히더니 목이 아팠다. 한순간 노인의 손이 자신의 등에 닿아 있는 걸 느꼈다. 찰나 등줄기에서 반투명하고 미끈한 허물 같은 게 빠져나갔다. 끔찍했다. 노인의 손은 빨랐다. 눈으로 쫓다가는 인과관계가 꼬여 버릴 것 같았다. 어느새 로보의 왼쪽 옷자락에 까마귀 모양의 나무 이름표가 매달려 있었다. 로보가 그것을 발견했을 때는 노인은 벌써 다른 아이에게로 가고 없었다.

"네 이름은 로보구나. 난 나낙."

소녀가 방금 받은 자기 이름표를 자랑스럽게 내밀었다.

"방금 뭘 한 거야? 내 이름을 어떻게 안 거지?"

로보가 불안하게 중얼거렸다. 이방인에게서 쉽게 맡아지는 두려움이 풍겼다. 나낙은 잠깐 멈칫했다. 그러나 곧 대수롭지 않게 말했다.

"야, 당연하잖아. 여긴 비설당이라고. 네가 가지고 있는 거라면 뭐든 훔칠 수 있다고. 우판 교수님이 네 이름을 훔쳐서 이름표에 새겨 주신 거잖아. 네가 전에 다녔던 학교들에서 썼던 이름의 일부, 그걸 훔쳐서 새로 주신 거지. 우리가 비설당 학생다워질수록 전에 다녔던 학교들에선 우리 이름이 사라지잖아. 너 진짜 몰라서 물은 건 아니지?"

로보는 훔친다는 말에 귀가 번쩍 뜨였다.

"뭐든 훔친다고?"

"그래. 비설당은 최고니까. 게다가 우판 교수님은……."

로보는 더 이상 나낙의 말이 귀에 들어오지 않았다. 이런 얘기가 낯설지 않았다. 그녀는 도둑이 된 순간부터 바로 이곳을 꿈꾸고 있었다. 도둑 소설 중 한 권에 이 모든 것에 대한 이야기가 쓰여 있었다. 허공에 있는 도둑 세계, 수많은 학교 중 최고의 도둑 학교인 비설당, 신과 같이 세상의 욕망을 조율하는 도둑 떼, 오랜 수련을 거쳐 마침내 놀라운 도둑이 되는 이야기들. 그녀는 매일 밤을 새워 가며 이 이야기들을 얼마나 사랑했던가. 로보는 그 모든 것이 존재한다는 걸 알았다. 그리고 누군가는 그곳에 갈 것이란 것도 알았다. 하지만 자신이 갈 수 있을 거라고는 생각하지 않았다. 그러나 그녀는 지금 도둑 세계에 있었다. 지도상의 모든 선이 수렴되는 남극과 비슷한 곳. 로보는 뚜껑을 연 물병을 물속에 집어넣은 것처럼 도둑 세계가 자신의 몸속으로 무겁게 차오르는 것을 느꼈다.

우판 교수가 일일이 아이들에게 이름표를 달아 주고 들어갔다. 이름표는 선착순 백 명의 아이들에게 주어졌다. 줄을 서긴 했지만 이름표를 받지 못한 아이들은 울어 버렸고 이름표를 받은 아이들은 좋아서 날뛰었다.

비설당의 입학시험은 비교적 간단했다. '비설당을 둘러싸고 있는 열두 개의 문 중 하나가 움직일 것이다. 그것이 어느 것인지 알아내어 그 문 앞에 선착순 백 명 안에 들도록 줄을 선다.'는 것이었다. 단서가 될 징후는 총 육십 가지가 주어졌다. 하지만 아이들은 징후를 읽는 게 서툴러 언제 어느 문이 움직일지 잘 알지 못했다. 그래서 심하면 한 달 내내 비설당 주위를 뱅뱅 돌기도 했다. 그나마 웬만큼 징후를 읽을 수 있는 아이들은 가망 없는 몇 날을 추려 내고 열흘이나 일주일 정도만 비설당을 돌며 문을 찾았다. 비설당은 이런 시험을 통해 도둑이 되는 기본 조건인 인내심과 관찰력, 체력을 평가할 수 있었다.

전차가 고양이 방울 소리를 울리며 아이들 앞으로 다가왔다. 아이들이 한꺼번에 몰려들어 전차를 탔다. 로보도 무리에 끼여

전차 안으로 밀려 들어갔다. 분명 한 량짜리였던 전차가 아이들이 올라타는 대로 늘어나더니 일곱 량까지 늘어났다. 여기저기 생겼던 문은 자리가 정돈되어 감에 따라 사라졌다. 전부 책에서 본 것과 똑같았다.

"이 전차는 어디로 가?"

로보는 알 것 같기도 했지만 실감이 나지 않았다.

"입학식 하러. 오늘같이 시험이 있는 날에는 비설당의 문들이 생물처럼 살아 있어서 숙련된 사람이 아니고는 문으로 들어갈 수가 없거든. 전차를 타고 문을 훌쩍 넘어 안마당으로 곧장 들어가려는 거야."

나낙은 비설당 합격으로 기분이 좋았기 때문에 로보가 무엇을 묻든 얘기해 줄 참이었다. 하지만 그러면서도 정말 몰라서 묻는다고는 생각하지 않았다. 그저 신중한 성격이거나 아니면 자기 나름의 도통 재미없는 사교술일 거라고 생각했다. 그래서 로보가 거의 들리지도 않게 중얼거리는 말을 들었을 때 정말로 놀라고 말았다.

"난 여기 살지 않아. 여긴 조금 전에 처음 왔어."

나낙은 바지 밑으로 삐져나온 꼬리를 봤거나 머리카락 속에 감춰 두었던 뿔을 본 것처럼 로보가 이상하게 보였다.

"어? 무슨 말이야? 그럼 넌 어디에 살아?"

"저 아래."

로보가 전차의 유리창 너머로 아래를 가리켜 보였다. 배기량이 큰 자동차들이 도로를 메우고 있는 풍경 대신 철분을 함유한 듯한 불그스름한 허공만 불투명하게 차 있었다.

"지상 세계에? 대단해! 거긴 도둑 인증을 받아야만 내려갈 수 있는 곳인데. 그럼 너희 부모님은 도둑이 아니야?"

나낙이 숨도 쉬지 않고 물었다.

"응. 아빠는 공구 회사에 다니시고 엄마는 우체국에 근무하셔."

나낙이 쿡 웃었다.

"미안, 비웃은 건 아니야. 그냥 좀 따분할 것 같아서."

로보는 상관없다는 듯 어깨를 으쓱해 보였다. 나낙이 새까만 눈을 반짝이며 로보를 뚫어지게 쳐다보았다.

"너 같은 경우가 있다는 얘기를 듣긴 했는데……. 그게 진짜일 줄이야. 사람들이 그런 얘기를 할 때면 귀를 기울이긴 했지만 믿진 않았어."

로보는 나낙의 시선이 부담스러워 창 쪽으로 고개를 돌렸다.

"그럼 도대체 시험은 어떻게 통과한 거야?"

나낙이 흥분했다.

"뭐가 뭔지 몰랐어. 그냥 처음부터 거기 있게 되어서……."

로보는 자신이 쫓아온 도둑이 생각났다. 움직이지 말라고 속삭이던 그의 목소리가 귓가에 남아 있었다. 하지만 그 얘기까지

하고 싶지는 않았다.

"와! 그저 우연이라고? 그럼 넌 입학시험에 대해 아무것도 몰라? 징후도 읽을 줄 몰라?"

로보가 그렇다고 하자 나낙의 목소리가 더욱 커졌다.

"그럼 문 앞에 쌓인 신문이나 전단지, 돌쩌귀의 거미줄, 반질반질한 문고리, 문 어딘가에 숨겨 놓은 열쇠 같은 고정된 징후는? 그렇게 쉬운 것도 못 읽어?"

"그게 뭔데?"

"나흘간 한 번도 안 잠긴 문이 결국 움직이게 되잖아. 그러니까 먼저 문이 잠겨 있는지 안 잠겨 있는지부터 알아내야지. 난 변하는 징후도 스무 개나 읽었다고. 문이 잠긴 건 외출을 했거나 휴가를 떠났거나 날씨가 사나워 겁을 먹었다거나 뭐 이런저런 이유 때문이니까. 그런 흐름을 읽어야지. 서쪽에선 전염병이 돈다는 소문이 퍼져서 문들마다 삼중 잠금 장치까지 꼭꼭 잠겨 버렸어. 나는 철컥철컥 문이 잠기는 소리까지 직접 들었다고. 그런 소리를 듣는다는 건 정말 어려운 일이야. 게다가 난 다른 애들은 얼씬도 못하는 음침한 세 시 방향 문과 열한 시 방향 문도 전부 살폈어. 그 문들을 관찰하다 문틈으로 유령 같은 회색 눈하고 마주쳤다는 얘기가 얼마나 많은지 알아? 겁쟁이들은 근처에도 못 가!"

나낙이 입학시험이 얼마나 어려운지 또 자기가 얼마나 열심히 했는지 정신없이 떠들어 댔다.

그때 오줌을 싼 것처럼 바지가 젖은 소년이 문을 밀고 들어왔다. 나낙과 비설당 예비 학교를 같이 다닌 친구 벼루였다. 그는 자루를 두건으로 쓰고 넝마 같은 옷을 입고 있었다. 기분이 나쁜지 인상을 잔뜩 쓰고 코를 쳐들고 있었다. 나낙이 말을 멈추고 웃었다.

"쟨 낡은 거, 더러운 거 무지 좋아해. 용감해 보이려고 일부러 저런 표정을 짓고 다니긴 하는데 나쁜 애는 아니야."

나낙이 로보에게 재빨리 속삭였다.

"나낙, 너도 통과했구나."

벼루가 퉁명스럽게 말하고 나낙 옆에 철퍽 주저앉았다.

"너도 날 비웃는 거지? 바지가 이 꼴이니 누구라도 그러겠지. 근데 나 진짜 오줌 싼 건 아니야. 일곱 살 이후로는 바지에 안 쌌다고. 내 말 믿지?"

"그럼 바지가 왜 그 모양이야?"

"내가 비설당 입학시험에 합격한 건 순전히 이 꼴이 된 덕분이야. 너도 알지? 내가 징후를 읽는 게 얼마나 서툰지. 고정된 징후야 열다섯 개 정도 읽어 낼 수 있지만 그거로는 터무니없고."

벼루가 코를 훌쩍이며 잠시 말을 쉬었다.

"근데 너 애완용 불 있어? 이대로 있다가는 감기 걸리겠어."

나낙이 주머니에서 웅크린 강아지처럼 따뜻한 애완용 불을 꺼내 벼루에게 주었다. 벼루는 일부가 비로 쏟아졌기 때문에 주먹만큼 작아진 애완용 구름을 꺼내 나낙에게 주고 로보 옆으로 옮겨 앉았다. 애완용 불과 구름은 가까이 있으면 서로 영향을 끼쳐 기세가 약해지기 때문에 떨어뜨려 놓아야 했다.

"근데 앤 누구야?"

벼루가 그제야 로보를 보았다.

"1등."

"뭐? 1등? 세상에! 네가 바로 그 애구나. 난 뒤에 있어서 보진 못했는데 너 정확히 문을 맞혔다며? 그럼 육십 가지 징후를 다 읽은 거야? 어떻게 그럴 수 있어? 특별한 비법이라도 있는 거야?"

벼루가 눈이 휘둥그레져 질문을 쏟아 냈다. 나낙은 로보가 지상 세계에서 왔고 징후에 대해서는 아는 바 없으며 입학시험엔 우연히 통과했다는 사정을 대강 설명해 주었다.

비설당 도착이 어쩐지 늦어지고 있었다. 벼루는 하다 만 얘기를 하기 시작했다. 로보는 도둑 세계의 얘기가 쓰인 소설에 꼭 벼루 같은 아이가 나왔었는데 그게 어디쯤이었는지 생각해 내려고 애쓰고 있었다.

"난 서문 문설주에서 변하는 징후를 여섯 개나 더 읽었어. 정말 운이 좋았지. 그걸 읽고 나니 자신감이 생기더라고. 그래서 여섯 시 방향 남문으로 결정했어. 그런데 주머니에 넣어 온 애완용 구름이 말썽을 부린 거야. 어디서 질 나쁜 습기를 먹었는지 한쪽이 무너지더니 비로 변해 흘러 버렸어. 근데 남문 쪽으로는 비구름이 몰려들기 시작하고. 금세 요동치더니 천둥까지 치려 하는 거 있지? 나낙, 너도 봤지?"

"아니, 못 봤는데. 이쪽은 굴속처럼 어둡기만 했어. 새 떼가 온통 뒤덮고 있었거든. 새 떼가 날아간 뒤에는 높쌘구름이 또 얼마나 거대했는지. 그게 문들을 전부 가리고 있었어."

"비구름이 안 보였어? 아무리 방향이 달라도 어떻게 그게 안 보여? 그건 볼 수밖에 없는 거였는데. 난 진짜 그것만 보고 있었어."

"알았어, 알았어. 그래서 뭐 어떻게 됐다고?"

"응, 그게 말이야, 사정이 그러니 어떡해? 솔직히 비설당 시험은 망쳤다고 생각했어. 그럼 별수 없이 다른 학교에 가야 하잖아. 근데 넌 밤도둑, 별문, 거미발 중에 어디가 가장 마음에 들어?"

"당연히 별문. 거기 교복이 예쁘잖아. 사실 교복 생각만 하면 지금도 별문에 가고 싶어."

"웩, 그런 게 뭐가 예뻐? 난 교복은 정말 싫어. 하지만 어쩌겠어? 교복을 입는 한이 있어도 애완용 구름을 그런 위험한 곳에 데리고 갈 수는 없으니까. 그렇지 않아도 비로 흘러내리는 통에 약해졌는데 습기를 더 먹거나 번개라도 맞는다면, 윽, 끔찍해!

내가 어려서부터 키워 온 구름인데. 그래서 다 포기하는 심정으로 북문으로 온 거야. 근데 와 보니 이쪽인 거 있지?"

"비구름이 몰려왔다면 당연히 그쪽은 아닌 거잖아. 날씨가 나쁘면 문이 꼭꼭 잠기니까. 그렇게 쉬운 징후도 헷갈린 거야?"

"보통 비구름이었으면 나도 그렇게 생각했지. 근데 어마어마했다니까. 누구나 문을 열고 내다보지 않을 수 없을 만큼 대단했어. 한 번 본 걸로는 도무지 봤다고 믿을 수 없는 그런 구름이었어. 그래서 더 남문이라고 생각했어. 금방이라도 서둘러 문이 열릴 것 같았거든."

나낙이 벼루의 애완용 구름을 쓰다듬었다.

"너 완전 애완용 구름 덕 봤네. 아이, 귀여워. 로보야, 너도 만져 봐. 거위 날개처럼 도톰해."

나낙이 애완용 구름을 내밀자 로보도 얼떨결에 만졌다. 눅눅하게 젖어 있는 부분에 손이 닿았다. 로보는 어색해 얼른 손을 뗐다.

나낙은 피곤이 몰려오는지 연방 하품을 했다. 벼루의 바지는 그새 말라 있었다. 벼루는 애완용 구름에 관련된 얘기를 얼마쯤 더 떠들어 댔다.

"한 달 내내 얼마나 긴장을 했는지……. 이제야 끝났네."

벼루가 커다란 눈을 반쯤 감고 나직이 중얼거렸다. 전차는 계속해서 어두운 밤하늘을 달리고 있었다.

"아직 멀었어? 아까 우리 앞에 있던 성채가 비설당이지? 거기 가는데 이렇게 오래 걸려?"

로보가 물었다.

"잘 모르겠어. 비설당은 눈앞에 보인다고 해서 꼭 가까이 있는 건 아니지만……. 그래도 도착할 때는 지난 것 같은데 무슨 일이지?"

나낙이 간신히 눈을 뜨고 창밖을 내다보았다.

"학생 여러분께 알려 드립니다. 오늘 비설당 입학식은 불가피한 사정으로 취소되었습니다. 이제부터 전차는 여러분을 집으로 데려다 줄 것입니다. 첫 수업은 내일 저녁 일곱 시입니다. 열두 시 방향 북문으로 들어오셔서 중앙홀로 모여 주십시오. 감사합니다."

안내 방송이 끝나자 아이들이 실망해 투덜거렸다.

"불가피한 사정이라니 무슨 일이지?"

나낙은 불길한 기분이 드는지 몸을 움츠렸다. 벼루는 로보의 어깨에 머리를 기대고 잠들어 있었다.

전차가 비설당을 한참 벗어나 도둑 세계의 주택가로 들어서자 정박해 있는 배들이 보였다. 로보는 대부분의 아이들이 돛이 달린 배에 산다는 것을 알게 되었다. 돛이 하나 달린 것, 세 개 달린 것, 선미가 둥근 것, 뾰족한 것, 갑판이 나무로 된 것, 대리석으로 된 것 등 모양과 크기가 제각각이었다. 푸른빛을 띠는 산

호섭 정원이 달린 배가 벼루의 집이었다. 나낙은 용골 속에서 기계들이 진동하고 있는 증기선에 내렸다. 나낙의 집은 금방이라도 출항할 것 같았다. 아이들은 피곤했기 때문에 내릴 즈음에는 간신히 인사 정도만 할 수 있었다.

모두 내리고 다시 한 량이 된 전차에는 로보만 타고 있었다. 오늘 하루의 경험이 금박을 입힌 것처럼 몸에 남았다. 전차가 두텁고 무심한 구름 뚜껑을 열고 밑으로 내려가니 비로소 지상 세계가 보였다. 뚜껑이 닫히는 순간 비가 쏟아져 열린 창문으로 비가 들이쳤다. 눈꺼풀이 점점 무거워지던 로보는 화들짝 놀라 젖은 머리를 툭툭 털며 화려한 도시의 야경을 내려다보았다. 그제야 자신이 얼마나 높은 곳에 있는지 실감이 났다. 아슬아슬한 높이가 새삼 두려워졌다.

드디어 해동로 99번길이 나타났다. 전차가 로보네 집 베란다 앞에 멈추었다. 로보는 허공에 떠 있는 전차에서 훌쩍 뛰어내렸다. 베란다를 통해 방으로 들어갔다. 들어가는 길에 엄마가 열어 놓고 깜박한 고추장 항아리 뚜껑을 닫았다.

무엇을
훔칠 것인가

개학을 했지만 로보는 아프다는 핑계로 학교를 쉬고 있었다. 로보는 늦게까지 이불 속에서 미적거렸다. 언니가 나가고 엄마가 나갔다. 아빠는 야구를 보다 나갔다. 아빠가 나가기 전에 "로보야, 오늘도 학교 못 가니?" 하고 물었지만 로보가 대답할 새도 없이 현관문이 닫혔다.

모두 나가자 로보는 자리에서 일어났다. 비설당 시험에 합격한 일이며 나낙과 벼루를 만나고 허공을 나는 전차를 탄 일이 좀처럼 믿어지지 않았다. 로보는 들뜬 기분으로 집 안을 돌아다녔다. 거실의 텔레비전을 껐다. 아빠가 내리지 않은 화장실 변기의 물을 내렸다. 엄마 화장대 위에서 입술을 닦아 낸 화장지를 처다보고 엄마의 귀고리를 만지작거렸다. 아빠의 회색 구두를 신어 보았다. 그 속에 아빠의 발바닥이 남아 있는지 간지러웠다.

언니 방에 들어갔다. 어느덧 로보의 얼굴에선 웃음기가 가셨다. 한쪽 벽에 언니 사진이 잔뜩 붙어 있었다. 갖가지 세상에서 언니만 오려 낸 것처럼 사진 속에는 언니만 있었다. 로보는 한참 동안 사진을 들여다보았다. 어떤 물건에도 손대지 않고 언니가 벗어 놓은 옷가지 사이를 조심스럽게 걸어 다녔다. 그렇게 오랫동안 언니 방에 머물렀다.

배가 고팠지만 밥은 먹고 싶지 않았다. 대신 집업 후드티를 덧입고 냉장고에서 검은콩 두유를 꺼내 마셨다. 창밖의 햇살은 뜨거웠지만 로보는 추위를 느꼈다. 베란다 방에 누우니 낮은 밤보다 더욱 고요하게 느껴졌다.

옆집에서 음악 소리가 들려왔다. 로보는 자기 방에 있는 망가진 티볼리 모델 콤보 스피커에서 음악이 흘러나오기라도 하듯 귀를 기울였다. 고레츠키 교향곡 3번이었다. 언제나 헤드폰을 쓰고 있는 보보와는 달리 로보는 유행하는 음악 외에는 별로 듣지 않았다. 그러나 그녀는 고레츠키가 폴란드 사람이라는 것까지 떠올렸다. 어째서 자신이 그런 것까지 알고 있는 건지 의아했다. 로보는 놀라 주위를 둘러보았다.

'여기 꼭 내가 아닌 누군가가 있는 것 같아.'

그러나 좁은 베란다 방에는 로보 말고는 아무도 없었다.

식구들이 들어온 순서대로 제각각 저녁을 먹고 있을 때 로보는 벌써 밖으로 나가고 없었다. 저녁 공기는 덧없는 기분이 들 만큼 맑았다. 그녀는 어제 도둑을 따라 정신없이 내달렸던 길을 기억하고 있었다. 버스에서 내리는 사람들을 피해 걸었다. 골목으로 들어온 오토바이가 지나가게 멈추었다. 시간은 충분했다.

그런데 이쯤이라고 생각되는 곳에 아파트 공사 현장이 없었다. 로보는 몇 번이고 육교를 건너며 주변을 살폈다. 그녀가 돌로 만들었다고 생각한 육교는 실은 철 구조물에 대리석 느낌이 나는 페인트를 뿌린 것에 불과했다. 로보는 다리까지 돌아가서 다시 길을 되짚어 보았다. 지나가는 사람들을 붙들고 물어보기도 했지만 "그런 데가 있었나?" "모르겠는데요." 하는 대답만 돌아왔다. 점점 초조해졌다. 그러다 마침내 바늘 하나를 찾는 심정이 되어 터무니없게도 바위틈이나 흙무더기 속, 비바람에 떨어진 나뭇잎 더미까지 들추어 보았다.

'뭐야? 왜 없어진 거야? 왜 없는 거야?'

로보는 참담했다. 도둑을 처음 본 곳에서부터 같은 길을 달리고 또 달렸다. 가만히 있을 수가 없어 도둑을 쫓아 뛰던 그 느낌이라도 되살려 보려고 했다.

그렇게 하길 세 번 반복했을 때 로보는 자신이 아파트 공사 현장에 쑥 들어와 있다는 것을 깨달았다. 마치 실사 프린트한 방수포로 덮어 감쪽같이 숨겼다가 막 벗겨 내기라도 한 것처럼 아파트 공사 현장이 나타났다. 진부할 정도로 예쁜 여배우가 플라밍고 드레스를 입고 있는 대형 광고판이 임시 외벽에 붙어 있었다. 그 안에는 시멘트와 모래, 파낸 흙더미가 거대한 형체로 군데군데 쌓여 있었다. 인부들은 거의 철수했고 관절식 트럭 두 대만 무슨 일이 남았는지 느릿느릿 움직여 다녔다.

로보는 서둘러 상가 건물로 달려갔다. 아파트는 절반도 지어지지 않았지만 상가 건물들은 몇 가지 마감 처리만 남기고 일찍이 완공되어 있었다. 분양 문의 현수막을 단 상가 건물들이 가파른 비탈에 줄지어 서 있었다. 로보는 급한 마음에 마지막 건물을 향해 높은 언덕을 구르듯 내려갔다. 다행히 건물에는 엘리베이터가 가동되고 있었다. 어제 입고 갈아입지 않은 티셔츠가 땀에 절어 불쾌했다. 엘리베이터 안에는 비닐을 떼지 않은 커다란 거울이 삼면에 붙어 있었다. 로보는 얼굴을 구석구석 닦아내듯 거울을 들여다보았다. 테두리가 암청색인 갈색 눈동자에 특징 없는 이목구비. 친근하지도 이해되지도 않는 생김새였다.

엘리베이터가 꼭대기 층에 멈추었다. 로보는 비상구를 지나 옥상으로 나갔다. 광활한 기분이 드는 옥상은 어제 그대로였다. 그녀는 너무 숨이 차지 않도록 속도를 조절해 가며 달렸다.

"피보나치."

그러나 오른쪽 골반 뼈를 부딪친 채 로보는 옥상에 있었다. 까마귀가 하늘을 가르며 날았다. 까마귀는 조심성이 많았다. 사람의 눈이 미치지 않는 산속 깊은 곳에 둥지를 틀고도 안심이 안 되어 곧장 집으로 가지 않고 빙빙 돌며 눈속임을 하고 갔다. 로보는 주저앉아 까마귀가 사라질 때까지 바라보았다.

곧이어 로보는 엘리베이터를 타고 내려갔다. 위험하기 짝이 없는 가파른 언덕을 다시 올라갈 재량은 없었다. 길이 닦이지 않은 아파트 둘레를 구불구불 돌아 첫 번째 건물이 있는 언덕 꼭대기로 올라갔다. 거기에서부터 다시 1층에서 1층으로, 1층에서 2층으로, 2층에서 3층으로 뛰었다. 기진맥진했지만 로보는 이미 변했고 도둑이었기 때문에 멈추지 않았다. 옥상에 도착해 잠시 숨을 고르고 달려서 도둑 세계로 들어갔다.

비설당 앞은 고요했다. 심장 뛰는 소리가 그대로 들릴 지경이었다. 로보는 자신의 숨소리로 가득 차 버린 세계를 걸었다. 수업에 늦었지만 뛸 엄두가 나지 않았다. 안개가 두껍게 끼어 가시거리마저 엉망이었다. 마음이 급할수록 걸음이 더뎌졌다. 열두 시 방향 북문을 향해 갔다.

도둑 세계의 허공은 빙하와 유사했다. 허공은 두꺼운 것에서 얇은 것, 녹고 있는 것, 모래처럼 흐르는 것으로 상태가 다양했다. 비설당은 2.4미터 두께의 '유공'이라 불리는 움직이는 허공에 세워져 있었다. 비설당은 수업 중에 조금씩 이동했다. 건물 안에서 눈치챌 정도는 아니지만 하교 땐 예측할 수 없는 곳에 있게 되었다. 그래서 등교하는 장소는 정해져 있어도 하교하는 장소는 천차만별이었다. 비설당에서 학생들을 전차로 집에 데려다 주는 건 이런 이유에서였다.

로보는 북문을 열고 들어선 순간 비명을 지르며 아룸덫으로 떨어졌다. 큰 잎에 싸인 깔때기 모양의 이곳은 아룸의 꽃 속이었다. 비설당은 이미 다른 곳으로 이동해 갔기 때문에 학교에서는 아룸덫을 이용해 지각생들을 모았다가 나중에 옮겼다. 아룸덫 속엔 그녀보다 먼저 떨어진 아이들이 여럿 있었다. 아득히 올려다보이는 덫의 입구는 무성한 털로 막혔고 벽은 미끄러웠다. 꽃 속은 라임 빛깔로 아름다웠지만 쇠똥 냄새가 났다.

"이야, 내가 마지막일 줄 알았더니 나보다 더 늦은 애도 있네."

꽃가루를 뒤집어쓴 피핀이 작게 말했다. 그는 깡마르고 생기 있는 소년이었다. 손수건으로 입과 코를 틀어막고 있었다.

"야, 그렇게 마구 숨 쉬지 마. 꽃가루 많이 마시면 너도 쟤네처럼 잠들어. 여기 냄새 지독하지?"

과연 설탕물에 빠진 파리처럼 아이들이 축축 늘어져 잠들어 있었다. 하지만 피핀을 포함한 여섯 명의 아이들은 잠들지 않고 꽃의 중앙에 있는 거대한 기둥에 기어오르려고 애쓰고 있었다. 피핀이 말했다.

"너도 아룸덫 처음이지?"

"응. 이게 뭐야?"

"아룸덪 몰라? 하긴 이건 비설당에만 있는 거니까 모르는 애들이 많기는 하지. 등교 시간이 지나면 비설당이 다른 곳으로 이동하잖아. 그래서 아룸덪에 지각생들을 모아 두는 거야. 아룸덪이 없었다면 우린 알 수 없는 어딘가로 떨어져 버렸을지도 몰라."

피핀이 위협적으로 말했다.

"아룸덪 진짜 끝내주지? 난 여기 갇혀 보고 싶어서 일부러 늦게 왔어. 미끄러질 때 엄청 짜릿했지? 하지만 잠들지 않도록 조심해야 돼."

로보가 고개를 끄덕였다.

"우린 여길 탈출할 방법을 찾고 있었는데 너도 할래?"

"응."

"야, 얘도 한대."

흩어져 있던 아이들이 로보에게 다가왔다.

"좋아, 얘까지 끼면 맨 위에 있는 둥근 흰 털까지 갈 수 있을지 몰라. 우리가 다 돌아봤는데 가운데 기둥은 세 단계로 되어 있어. 가장 밑에 포도송이 같은 흰 구슬들, 그 위로 뇌 같은 노란 덩어리, 그 위로는 입구를 막고 있는 흰 털. 근데 아무리 해도 한 번에 기어오를 수는 없어."

눈을 초롱초롱 빛내며 피핀이 진지하게 설명을 이어 나갔다.

"맨 밑에 세 명이 엎드리고 그 위로 두 명이 올라가서 엎드리는 거야. 그리고 한 명씩 위로 올라가. 저기 흰 구슬 위로 삐져나온 암술 보이지? 저것만 잡을 수 있으면 노란 덩어리 위로 올라갈 수 있어. 그렇게 해서 총 두 명이 노란 덩어리 위로 올라가는 거야. 그리고 노란 덩어리 위에선 한 명이 엎드리고 나머지 한 명이 가장 높이 있는 흰 털을 붙잡으면 돼."

"그 털을 붙잡으면 어떻게 되는데? 그 털만 잡으면 탈출할 수 있어?"

로보가 물었다. 순간 아이들이 피핀의 얼굴을 빤히 쳐다보았다. 당황한 기색이 역력했다.

"어? 몰라. 거기까지는 생각 안 해 봤는데."

"뭐야 피핀, 순 엉터리."

"맞아, 가장 높이 있는 털을 붙잡는다고 입구가 열린다는 보장도 없잖아."

"진짜 탈출할 수 있을 줄 알았네."

다섯 명 중 몇 명이 떠들어 댔다.

"근데 우리 왜 탈출하려는 거야?"

울이 물었다. 다들 멍하니 서로의 얼굴만 쳐다보았다. 그때 누군가가 소리쳤다.

"야, 서둘러야 해. 한새 좀 봐. 곧 잠들게 생겼어. 그럼 다시 여섯이잖아. 또 한 명이 부족해져."

"그럼 뭐, 그냥 하자. 일단 올라가 보기나 하자고."

"좋아, 빨리빨리 바닥에 엎드려. 한새 잠들어."

아이들이 분주하게 움직였다. 로보도 재빠르게 바닥에 엎드렸다. 로보 위로 다른 아이들이 올라가 엎드렸다. 그 위로 키가 큰 울이 올라갔다.

"암술을 잡았어. 조금만 더 위로 올려 줘. 잘하면 노란 덩어리 위로 기어오를 수 있겠어."

울이 소리쳤다. 그때였다. 로보 옆에 있던 한새가 푹 쓰러졌다. 피라미드가 와르르 무너졌다. 한새가 잠들었다.

도둑질 기초 실습을 맡고 있는 지함 교수가 아룸덫을 비설당으로 옮겼다. 그 안에 갇힌 아이들은 전부 잠들어 있었다. 지함 교수는 꽃가루를 털어 주고 아이들을 깨워 중앙홀로 보냈다. 열댓 명의 아이들이 몽롱한 얼굴로 우르르 몰려갔다.

중앙홀에서는 수업이 한창 진행 중이었다. 로보는 아이들의 뒤통수를 재빨리 훑어 나낙과 벼루를 찾았다. 나낙은 보이지 않았고 구멍 뚫린 티셔츠를 입고 있는 벼루가 눈에 띄었다. 로보는 책상 사이를 급히 지나 벼루 쪽으로 갔다.

"거기 지각생, 대답해 봐."

도둑 세계에 대한 기초 이론 수업을 맡고 있는 구단 교수가 로보를 지목해 세웠다. 구단 교수의 얼굴엔 둥근 코가 무겁게 매

달려 있었다. 학생들이 일제히 로보를 돌아보았다. 로보는 주춤 거렸다.

"쟤가 어제 1등 한 애야."

아이들이 수군거렸다.

"도둑 세계는 무엇으로 구성되어 있지?"

발성으로 잘 다져진 구단 교수의 목소리가 쩌렁쩌렁 울렸다. 로보는 알 턱이 없었다. 물론 로보가 읽은 책엔 이런 내용이 있었지만 그런 것까지 일일이 기억할 수는 없었다. 그녀는 귀까지 새빨개져 구단 교수만 쳐다보았다. 그가 얼굴을 움직일 때마다 코가 시계추처럼 흔들렸다.

"몰라? 그렇군. 그럴 수도 있지. 암, 그럴 수도 있는 거야. 모르니 배우러 온 거지. 그래, 지식은 흘러가는 거니까. 아는 사람에게서 모르는 사람에게로 흐르는 거지. 만일 모르는 사람이 없다면 지식은 더는 흐르지 않아 썩어 버리겠지. 그러니 지식이 싱싱하게 살아 있으려면 모르는 사람이 반드시 필요하지……."

구단 교수는 무슨 말인지 알 수 없어질 때까지 계속해서 중얼 거렸다. 로보는 한마디도 놓치지 않고 제대로 들으려 했지만 머리가 핑핑 돌고 말았다.

"하지만 로보, 배우고 나서는 알고 있도록 해. 도둑 세계는 '뉴트리노'로 되어 있어. 뉴트리노는 우주상에서 에너지가 가장 높은 소립자야. 우주 생성 당시 대폭발 직후 주요 입자가 되었는데

원소의 생산 활동에 큰 영향을 미쳐 지금의 우주를 존재하게 했어. 그만 자리에 앉아."

로보가 후다닥 벼루의 옆자리에 앉았다. 벼루는 아까부터 로보를 보고 손짓을 하고 있었다. 벼루가 속삭였다.

"왜 이렇게 늦었어? 지루해 죽는 줄 알았어. 구단 교수 진짜 이상하지? 자기 혼자 얼마나 중얼거리는지 무슨 말인지 하나도 모르겠다니까. 나낙은 저 앞에 있어. 걘 예비 학교 다닐 때 구단 교수 특강 듣고 완전 팬이 됐어. 정말 이해가 안 돼. 나도 너처럼 늦게 올 수 있었다면 좋았을걸. 하지만 무서워서 절대 지각은 못 해. 등교 시간이 지나면 비설당이 움직여서 다른 곳으로 가 버린다고 하던데 안 그랬어? 엄마가 하도 겁을 줘서 난 늦을까 봐 한 시간이나 일찍 왔어. 근데 너랑 다른 애들이 제대로 온 걸 보니 엄마가 또 날 놀렸네. 엄마는 내가 말귀를 알아듣기 시작한 세 살부터 틈만 나면 놀려 대. 어휴, 바보 같아. 그렇게 당하고도 또 속다니."

"아니야, 비설당은 진짜 움직여. 대신 아룸덫이란 게 있어. 비설당이 없어진 자리에서 지각생들이 다른 곳으로 떨어지지 않게 받아 주는 거야. 난 지금껏 꽃가루를 뒤집어쓰고 커다란 꽃 속에 갇혀 있다 왔어."

"그렇게 재밌는 게 있단 말이야? 나도 가 보고 싶어."

"거기서 피편이랑 울이랑 한새도 만났는데 우리는 탈출을 하려고⋯⋯."

구단 교수가 다시 로보를 지적했다.

"로보, 떠들지 말고 일어나."

아이들의 시선이 로보에게 쏠렸다. 벌떡 일어선 로보는 은신처를 들킨 여우처럼 긴장했다.

"도둑 세계는 무엇으로 되어 있지?"

생각이 나지 않았다.

"뉴트⋯⋯."

"좋아, 이번에도 모르는군. 조금 전에 말해 줬는데 말이지. 별로 어려운 말도 아닌데⋯⋯. 그래, 오히려 상식에 속하는 말이지. 그래도 모르는군. 그럴 수도 있지. 하지만 어떻게 그럴 수 있지? 지식이 어째서 저 무지 속으로 흘러가지 않는 거지? 로보, 뉴트리노야. 이번엔 알아 둬. 뉴트리노는 전자파의 파동이 천억분의 일 초로 위아래로 움직일 때 나타나. 때문에 탐지기로 측정할 수는 있지만 손에 쥐거나 눈으로 볼 수는 없어. 뉴트리노의 가장 주요한 특징은 무엇이든 통과한다는 거야. 다른 물질과는 좀처럼 상호작용을 하지 않아. 그래서 뉴트리노로 원자나 분자 같은 구조를 만드는 건 사실상 불가능해. 게다가 현실적으로 만들어 낼 수 있는 최저기온에서도 광속에 가까운 속도로 움직이지. 도무지 멈추게 할 수가 없어. 미친 듯이 활발하다는 뜻이야. 게다가 질량도 거의 없어 겨우 존재하는 입자라든가 유령 입

무엇을 훔칠 것인가 71

자라고 불려. 바로 그런 괴상한 물질이 정지질량을 갖고 모여들어 형성한 세계가 도둑 세계인 거야. 그만 앉아."

로보는 또다시 머리가 핑핑 돌았다.

"쟤가 1등이라고? 뭐야, 완전 깡통이잖아."

아이들이 키득댔다. 로보는 얼굴이 화끈거렸다.

"교수님, 그런데 미친 듯이 활발한 뉴트리노가 처음에 어떻게 정지한 거예요? 만약 그게 멈추지 않았다면 도둑 세계는 없는 건가요?"

나낙이 질문했다. 나낙은 로보의 사정 같은 건 돌아볼 여유도 없이 수업에 집중하고 있었다.

"두 번째 질문에 먼저 답하지. 그래, 뉴트리노가 정지하지 않았다면 도둑 세계는 허공에 존재할 수 없어. 그리고 첫 번째 질문에 대해서는 여전히 답할 수 없어. 우리도 처음에 어떻게 그런 일이 일어났는지는 몰라. 무엇이 뉴트리노를 정지시켜 모여들게 했는지 말이야. 그렇지만 언어란 속임수투성이야. 내가 지금 모른다고 말하는 순간에도 분명 어떤 모순이 숨겨지고 강탈당했겠지. 가끔은 도둑 세계 스스로가 자신을 결핍과 우연의 산물이라고 느끼는 것 같다는 생각이 든단 말이야. 밧줄을 타고 비설당 외벽을 기어오르다 보면 그런 생각이 들어. 하지만 정신적인 것만으로 성벽이 지탱될 수는 없지. 그렇지만 정신의 산물인 욕망이 아니라면 대체 어디서 물질이 만들어지겠어? 결국 욕망이 현실을 낳고 마는 거야. 하지만⋯⋯."

구단 교수가 그대로 생각에 잠긴 듯 왼손으로 뺨을 감싸 쥐고 말을 멈췄다.

잠시 뒤에야 수업이 이어졌다. 구단 교수는 교과서를 넘기며 차례대로 그림을 보라고 했다. 로보는 더는 떠들지 않고 잠자코 있으려 했다. 그러나 그럴 수가 없었다. 로보는 끙끙대며 벼루를 쿡쿡 찔렀다.

"벼루야, 내 책이 이상해."

"왜?"

"책장이 안 넘어가. 아무리 넘기려 해도 여백만 넘어가고 글자는 밑으로 빠져 버려. 어떡해?"

벼루가 넘어다보니 로보는 여전히 첫 페이지를 펴고 있었다.

"아, 너 도둑 세계 책은 처음 보겠구나. 네가 이해하지 못하면 책장이 안 넘어가. 책마다 설정된 강도가 다르긴 한데 이 책은 십 분의 사는 이해를 해야 책장이 넘어가게 돼 있어. 집중해서 읽어 봐. 이해하면 넘어갈 거야."

"정말이야? 대충 읽는 척만 하면 안 돼?"

"그럼 책장 못 넘겨."

"에이, 난 수업 시간엔 늘 대충 하는 척만 했는데."

로보가 못내 아쉬운 표정을 지었다.

"그래도 이건 약과야. 2학년이 되면 이해력 강도가 십 분의 칠이나 되는 것도 있대. 완전 죽었지 뭐."

"이해력 강도?"

"비설당의 책들은 보통 교수님들이 그 강도를 설정해 놓는데 학년마다 과목마다 강도가 달라. 집에 있는 책이나 도서관의 책들은 스스로 강도를 설정해서 읽을 수 있고. 처음 읽을 때는 강도를 낮춰 읽고 두 번째 읽을 때는 강도를 높여 읽을 수도 있어."

"와, 넌 이해력 강도 어디까지 높여 봤어?"

"좋아하는 책에 따라 다르긴 한데 동화책은 보통 십 분의 팔까지는 읽어. 그 이상은 못 올라가 봤어. 도서관에 있는 책들은 십 분의 삼도 못 읽는 책이 수두룩해."

벼루가 빠르게 속삭였다. 그러나 이번에도 로보만 걸렸다. 구단 교수는 또다시 로보를 일으켜 세웠다. 로보는 이번 질문에도 대답하지 못하고 얼굴이 새빨개져 자리에 앉았다. 수업이 끝났을 때 로보는 도둑 세계가 뉴트리노로 되어 있다는 걸 꿈에서도 기억하게 되었다. 그러나 뉴트리노가 무엇인지에 대해서는 미친 유령 입자라고만 생각하게 되었다.

다음 수업은 지함 교수의 '무엇을 훔칠 것인가'라는 실습 수업이었다. 최연소 교수인 지함 교수는 물질을 원자 단위에서 다룰 수 있는 비설당에서도 몇 안 되는 인물 중 한 사람이었다. 그녀는 입자가속기가 원자의 성질을 바꾸는 것 이상의 힘을 통찰력으로 부여할 수 있었고 전기력도 다룰 수 있었다. 입학시험에서 문을 뱀처럼 움직이게 하거나 전차의 크기가 승객 수에 따라 변하게 하는 것은 전기력의 힘이었다.

실습장은 암벽등반 연습장 같았다. 언덕, 비탈, 계단, 계곡이 모형으로 재현되어 있었다. 그 위나 아래, 틈새에 방들이 빼곡히 들어차 있었다. 지함 교수는 이번 실습을 통해서 반을 나눌 거라고 했다. 하지만 어떤 식으로 반이 나뉘는지에 대해서는 설명하지 않았다.

제한 시간은 두 시간이었다. 학생들은 모형으로 만들어진 방에 들어가서 뭔가 한 가지를 훔쳐 나와야 했다. 단, 각자 한 개의 방에만 들어가야 했고 한번 밖으로 나오면 다시 들어갈 수 없었다. 간단한 규칙이었지만 지함 교수는 학생들의 질문을 받아 가며 반복해서 설명해 주었다. 그러나 나낙은 무언가 개운치 않은 표정이었다.

"잠겨 있지도 않은 빈방에 들어가서 뭔가를 집어 들고 나오기만 하면 되는데 왜 두 시간이나 줬지?"

나낙이 중얼거렸다.

"그럼 두 시간 전에는 밖으로 나오면 안 되는 거야?"

이론 수업의 후유증으로 로보는 이해력이 떨어져 있었다.

"그런 건 아니고 교수님이 아까도 설명해 주셨잖아. 제한 시간이라고 했으니까 일 분 만에 과제를 종료해도 상관없다고. 단,

두 시간을 넘기면 안 된다는 건데……."

나낙이 미간을 찌푸리고 생각에 잠겼다.

"난 얼른 해치우고 나와야지. 로보야, 너도 빨리 나와서 아룸 덫 얘기해 줘."

벼루는 아까부터 아룸덫 얘기가 더 듣고 싶어 안달이었다.

"이상하잖아. 그렇게 간단한 일에 왜 제한 시간이 두 시간이나 되냐고. 십 분이라고 해도 시간이 넘칠 판인데……. 뭔가 있는 게 분명해."

"나낙, 넌 너무 의심이 많아. 오늘은 수업 첫날이고 하니까 느긋하게 하라는 뜻이겠지. 촉박하지도 않고 여유로운데 뭐가 걱정이야?"

지함 교수가 북을 울렸다. 일부 학생들이 달려 나갔다. 빨리 간다고 이득이 될 건 없었지만 그래도 몇몇 학생들은 그런 식으로 열의를 표출했다. 덩달아 주변의 아이들도 달렸다. 나낙과 로보와 벼루는 천천히 돌아다녔다. 방은 충분했고 겉에서 보기엔 어느 방이나 비슷해 보였다.

"뭘 훔치지?"

로보가 물었다. 딱 하나만 훔쳐야 한다는 게 아쉽긴 했지만 뭔가를 훔칠 생각을 하니 흥분되었다.

"글쎄, 방 안에 뭐가 있을지 모르니까."

"설마 똥이 가득한 방 같은 건 없겠지?"

벼루가 히죽 웃으며 말하자 나낙이 벼루를 쏘아보았다.

"생각해 봐. 설사 똥은 아니라 해도 더럽고 냄새나는 것들만 가득한 방에 들어가게 되면 어떨까? 아, 기대되는데."

"정말 그럴 수도 있겠네. 난 훔치라고 해서 다 좋은 것만 있을 줄 알았는데……."

로보가 놀라자 벼루는 더욱 신이 났다.

"사나운 짐승 같은 게 가득한 방은 어때? 지함 교수님은 뭔가를 훔쳐 오라고 했지 그게 꼭 물건이라고 말하지는 않았거든."

벼루의 말을 듣다 보니 긴장이 되었다. 나낙도 슬슬 걱정이 되는 눈치였다.

이제 방들이 거의 다 찼다. 둘, 셋씩 모여 다니는 서너 무리만 결정을 못 하고 빙빙 돌았다. 셋은 마지막까지 망설였지만 그 이상 시간을 끌지는 않았다. 나낙은 창문이 많은 방을 선택했다. 벼루는 페인트칠이 벗겨진 방으로 들어갔다. 로보는 계단 아래 있는 창고 방으로 들어갔다. 그러나 들어가자마자 숨이 턱 막혔다. 그곳은 보보의 방이었다. 로보는 두 시간은커녕 열 시간을 준다고 해도 아무것도 훔칠 수 없을 거라고 생각했다. 차라리 거미가 우글거리는 방이 나았을 것이다. 절망적이게도 그건 진심이었다.

보보의 방

로보는 손님이 외출한 사이 청소하러 들어온 모텔 직원 같은 표정으로 방을 둘러보았다. 정말로 구석구석 깨끗이 청소할 필요는 없었다. 그저 말끔해졌다는 인상만 주면 충분했다. 침대 시트를 정리하고 세면대 물기를 닦아 내고 물컵을 씻어 놓는 정도만으로 청소가 제대로 되었다는 인상을 줄 수 있었다. 로보는 이 방과 자기는 아무 상관도 없다고 생각하려고 노력했다.

'난 모텔 직원 같은 거야. 필요한 용무만 보고 나가면 그만이야. 그 이상은 생각할 거 없어. 누구 방이든 상관없어.'

로보는 언니 방에 딸린 화장실에서 소변을 보았다. 머리를 묶어 올리고 언니의 거품 비누를 이용해 세수를 했다. 가능한 얼굴에 손대지 않고 거품으로만 문질렀다. 미지근한 물로 공들여 씻어 냈다. 맹물로 귀를 꼼꼼하게 닦아 냈다. 빈 칫솔질을 하고 머리를 풀었다. 파우더룸에서 스킨과 에센스, 로션을 차례로 발랐다. 쪽잠을 자고 난 것처럼 한결 기분이 나아졌다. 안경을 쓰고 마음을 다잡았다.

'아무거나 집기 쉬운 것을 들고 나가 버리는 거야.'

어려울 건 없었다.

그러나 이곳은 보보의 방이었다. 보보가 책상에 붙여 놓은 계획표, 메모, 벽의 사진이 똑같았다. 친구들에게 받은 수백 통의 편지와 검붉게 변한 장미꽃의 빛깔도 같았다. 금방이라도 현관문 비밀번호 누르는 소리가 들리고 언니가 돌아올 것 같았다. 오후 세 시, 닫힌 유리창으로 햇빛이 으깨진 감자처럼 들어와 있는 시각이었다.

로보는 평소에 탐났던 언니의 물건들을 꺼냈다. 박제된 비단사슴벌레가 들어 있는 수정 목걸이, 미백 에센스, 한 번도 신지 않은 악어가죽 운동화, 한정판 건담 피규어, 최신 전자사전을 카펫 위에 놓인 마호가니 탁자에 늘어놓았다. 그러나 머릿속으로는 여전히 각각의 물건들이 놓여 있던 자리를 세밀하게 헤아리고 있었다. 당장이라도 제자리에 갖다 놓고 싶었다. 만일 이것들이 상점에 있었다면 갖고 싶어 안달이 났을 것이다. 그러나 이미 보보의 것이었다.

로보는 훔치고 싶지 않았다. 탐내거나 질투하고 싶지 않았다. 그저 마음 한구석에서 조용히 언니의 존재를 무시하고 싶었다. 만일 아주 작은 것이라도 비교하기 시작한다면 언니의 빛에 흔적도 없이 녹아 버리고 말 것이다. 언니 것만 아니라면 세상 모든 것을 다 훔칠 수 있을 것이다. 로보는 피곤하게 눈을 감았다.

갑자기 자명종이 요란하게 울렸다. 난데없는 소리에 눈을 떴다. 시계에서 마하 1의 속도로 파동이 둥글게 퍼져 나오는 것이 보였다. 그녀는 그것이 벽에 부딪쳐 벽의 온도를 조금 올리는 것을 보았다. 유리창이 액체처럼 용해되고 있었다. 줄줄 흘러내리지 않는 게 그나마 다행일 정도였다. 유리를 뚫고 지나온 광선이 카펫을 달궜다. 그녀가 조금 전에 발로 헤집어 놓은 카펫 원자들이 눈보라처럼 낮게 날렸다. 이것은 미시 세계일 뿐 엄연한 현실이었다. 로보는 눈꺼풀이 빨개지도록 눈을 비볐다. 그래도 이상한 광경은 여과 없이 보였다. 벽에 달라붙은 포자의 껍질이 열리더니 몸통이 삐져나왔다. 그곳에서 희고 투명한 팔이 기다랗게 자라났다. 팔에서 또 다른 팔이 뻗어 나왔다. 로보는 소름이 끼쳤다. 보고 있으면서도 무엇인지 알 수가 없었다.

로보의 뇌에 부글부글 기포가 올랐다. 우연히 용수 공급원에 노출되어 상수도를 타고 온 고대 생명체가 과거로 회귀하려 하고 있었다. 그것은 분자 단위로까지 쪼개진 채 오랜 세월을 갇혀 있었으나 이제 한데 엉기기 시작했다. 그쯤에서 어떤 기억 하나가 꾸물꾸물 움직였다.

한산한 학교 앞 문방구를 초등학교 4학년인 보보가 지나가고 있었다. 책가방 대신 배드민턴 케이스를 들고 있었다. 보보는 문방구를 지나쳤다. 피아노 학원에 가야 할 시간이었지만 뭔가 다른 용무가 있는 모양이었다. 주인아저씨는 문가에 서서 발판을 구두 굽으로 뭉개고 있었다. 배달용 오토바이가 지나갔다. 지팡이를 짚은 노인이 다가왔다.

"종이 집는 거, 거 뭐냐, 쪼그맣고 반짝반짝한 거, 그거 있어?"

잇몸에 잘 들어맞지 않는 틀니를 꼈는지 노인의 발음이 입 안에서 뭉개졌다.

"뭐라고요, 어르신?"

문방구 주인이 큰 소리로 되물었다. 노인이 답답해하며 다시 말했다.

"귀가 잘 안 들려? 아, 왜 그렇게 못 알아들어? 그거 있잖아. 종이가 낱장으로 흩어지지 않게 묶어 두는, 아, 그 이름이 왜 이렇게 생각이 안 나지. 이래도 못 알아듣겠어?"

귀찮은 표정이 역력한 주인이 노인과 함께 문방구 안으로 들어갔다.

"아, 집게 말씀하시는 거구나. 어르신, 집게 맞지요? 이거요?"

주인은 길쭉한 나무집게를 들어 보였다.

"아니, 아니, 그런 거 말고, 반짝반짝한 거. 왜, 그거 있잖아. 둥글어서 종이 집는 데 쓰는⋯⋯."

주인은 이번에는 플라스틱 집게를 들어 보였다.

"이런 거요?"

"아니, 그런 게 아니라니까. 왜 이렇게 사람 말을 못 알아들어?"

주인은 크기가 주먹만 한 것에서 새끼손가락 한 마디만 한 것까지 집게란 집게는 다 갖다 보였다. 노인은 그럴 때마다 그게 아니라고 더욱 역정을 냈다.

그러는 사이 문방구를 지나쳐 버린 것 같았던 보보가 누구의 눈도 타지 않고 문방구 안으로 들어와 있었다. 보보는 선반마다 가득 쌓여 있는 학용품을 지나 체육용품이 있는 구석으로 들어갔다. 그때 로보는 문방구 구석에 쭈그리고 앉아 홀로그램이 붙어 있는 철 딱지를 고르고 있었다. 로보는 곁눈으로 언니를 보고 흠칫 놀랐다. 밖에서 언니를 볼 때면 어린 로보의 눈에도 언니는 특별하게 보였다. 언니는 표정과는 상관없이 언제나 휘황찬란했다. 보보도 로보를 보았다. 그러나 여느 때처럼 아는 척하지 않았다. 로보도 못 본 척하고 계속 딱지를 골랐다. 하지만 자꾸 신경이 쓰였다. 언니가 궁금해 견딜 수가 없었다.

로보가 크레파스가 쌓여 있는 모서리를 돌았다. 그때 보보는 주변을 힐끗 살피더니 서두르는 기색 없이 배드민턴 라켓을 집어 가지고 있던 빈 케이스에 넣었다.

"아, 어르신, 혹시 찾으시는 게 이거 아니에요? 클립?"

계속된 실랑이 끝에 주인이 이렇게 외쳤다. 노인은 그제야 표정이 밝아졌다.

"그래, 맞아, 그거. 젊은 사람이 사람 말귀를 그렇게 못 알아들어서야 어디 장사 해 먹겠어?"

"어르신, 그렇게 말씀하시면 안 되죠. 기껏 찾아 드렸더니. 이거 이름이 클립이에요. 잊어버리지 마시고 다음에 또 살 일이 있으시거든 클립이라고 말씀하세요."

"그래, 그게 클립인지 누가 모른다고 했어? 그까짓 것을 누가 모른다고 어디서 늙은이를 가르치려고 들어? 반짝반짝 빛나는 거라고 내가 그렇게 말했는데 여태 쓸데없는 집게만 갖다 보이고."

노인이 구시렁대며 클립을 사 들고 나갔다.

보보는 벌써 문방구를 빠져나와 학교 쪽으로 가고 있었다. 로보는 황급히 언니를 쫓아갔다. 보보는 로보가 따라오는 걸 알고 놀이터에서 기다렸다. 1.5미터 높이의 인공 암벽과 개구리 시소가 있는 놀이터였다.

"언니, 그거 훔쳤지?"

로보가 말했다. 그러나 그렇게 말해도 로보는 아직 어렸기 때문에 추궁하는 투는 아니었다.

"언니 것은 집에 있잖아."

보보에게는 이십만 원에 육박하는 배드민턴 라켓이 있었다.

"훔치는 건 나쁜 거야."

보보는 원형극장의 객석처럼 만들어진 나무 계단에 앉았다.

"훔쳤다고 누가 그래?"

언니의 목소리가 얼마나 음산했는지 로보는 자기가 잘못했다는 기분이 들었다.

"조금 전에 문방구에서 내가 봤어."

"그래서 내가 훔쳤다고?"

로보는 자기가 잘못 본 건 아닌지 의심이 들었다. 로보는 조금 전부터 눈여겨보던 돌멩이를 왼손으로 움켜쥐었다. 작정을 한 건 아니었다. 그러나 여차하면 언니에게 집어 던질 기세였다.

"언니가 훔쳤어."

로보가 단호하게 말하며 저도 모르게 돌멩이를 쥔 손에 힘을 주었다.

"들어 봐. 내가 재미있는 이야기를 하나 해 줄 수 있을 것 같으니까."

로보는 이야기라는 말에 귀가 솔깃했다.

"옛날에 한 노인이 있었어. 그는 부자였지만 병들어 죽을 날이 멀지 않았어. 노인에게는 자식이 둘 있었어. 첫째인 아들은 욕심이 많았고 둘째인 딸은 순해 빠졌어. 노인은 첫째에게 더 많은 유산을 남겼어. 그렇게 하면 설마 자기보다 훨씬 적은 몫을 가진 동생 것을 건드리지는 않을 거라고 생각한 거야. 하지만 아들은 욕심이 많아. 욕심은 거대한 쓰레기 더미처럼 계속해서 불어나. 노인이 죽자마자 아들은 동생을 구슬려 유산을 몽땅 빼앗았지. 동생은 가난해졌어. 게다가 이혼까지 하고 지하실 단칸방에서 혼자 아이를 키우는 신세가 되었어. 저녁에 주점에서 설거지를 하면서 말이야. 하지만 아이를 키우는 일은 쉽지 않아. 갑자기 열이 오르고 병이 나는 경우가 허다하지. 동생은 어쩔 수 없이 오빠를 찾아갔어. 물론 오빠는 돈을 주지 않아. 오빠는 넌 한 달에 삼십만 원만 있어도 살 수 있지만 난 최소한 삼천만 원은 있어야 살 수 있다고 말하며 내쫓았어. 그 오빠가 방금 그 문방구 주인아저씨야. 그는 건물 임대료만으로도 충분한 수입이 있지만 부자인 걸 티 내지 않으려고 일부러 궁상맞은 문방구를 지키고 있어. 그리고 우리 반에는 매번 작거나 낡은 옷만 입어서 따돌림당하는 지윤이란 아이가 있어. 그 아인 공부도 못하고 조금만 값이 나가는 거면 준비물도 못 챙겨 와. 선생님한테도 아이들한테도 무시를 당해. 게다가 우리 반에는 담임이 만든 삼진아웃 제도란 게 있거든. 지윤이는 지금 투 스트라이크야. 한 번만 더 스트라이크를 당하면 그 아이는 종일 교실 뒤에 서서 벌을 받아야 해. 누구도 그 애한테 말을 걸어서는 안 돼. 그런데 오늘 담임이 내일 배드민턴 라켓을 가지고 오라고 한 거야. 그래 봐야 한두 번 치고 말 거면서 몇 번이나 강조를 하더라고. 자, 생각해 봐. 지윤이의 엄마가 만약 문방구 주인아저씨의 동생이라면 문방구의 진짜 주인은 누굴까? 지윤이가 그곳의 물건을 이용하는 게 도둑질일까?"

로보는 지윤이가 가여웠기 때문에 더 생각해 볼 것도 없이 말했다.

"아니, 그건 지윤이 언니 거야. 문방구 아저씨가 나빠. 그 아저씨가 도둑이야."

"그렇지? 난 내일 이 배드민턴 라켓을 지윤이에게 줄 거야. 우연히 케이스에 라켓이 두 개 들어 있었다면서 난 필요 없으니 아예 가지라고 떠맡길 거야. 물론 우리 집에 있는 걸 그냥 가져다 줄 수도 있어. 하지만 지윤이가 자기 걸 이용하는 게 더 낫지 않겠어? 이 배드민턴 라켓을 좀 낡게 보이게 해야 하는데 도와줄래? 저기 돌바닥에 긁으면 될 거 같은데."

로보는 힘차게 고개를 끄덕였다. 얼른 언니 손에서 라켓을 받아다 바닥에 문질렀다.

"엄마, 아빠한테는 말하지 않는 거야. 알지?"

보보가 로보 곁으로 와서 속삭였다.

"응."

로보의 속눈썹에 눈물방울이 맺혔다. 언니가 존경스러웠다.

집으로 돌아오는 길에 로보는 문득 궁금해졌다.

"언니, 그 문방구 주인아저씨 얘기 지윤이 언니가 해 줬어?"

"아니, 난 걔하고 말해 본 적도 없어."

"그럼 그런 걸 어떻게 다 알았어?"

"글쎄, 지어낸 걸까?"

보보가 알 수 없는 미소를 짓다가 금세 무표정해졌다.

"너 먼저 집에 가. 난 들를 데가 있어."

보보가 총총 사라졌다. 아홉 살 로보는 어리둥절했다. 내장이
뒤틀리는 것 같았다.

로보는 오랫동안 이 일을 잊고 있었다. 다시금 속이 우글거렸
다. 그사이 보보의 방은 더욱 미시적으로 변해 있었다. 로보는
이제 아무것도 분간하지 못했다. 드문드문 원자핵이 있었다. 그
로부터 멀리 전자가 떨어져 있었다. 별과 별 사이에 버려진 것처
럼 아득했다.

나낙이 밖에서 문을 두드렸다.

"로보야, 오 분 남았어. 빨리 나와."

벼루의 목소리도 들렸다.

"아무거라도 들고 빨리 나와. 네가 마지막이야."

로보는 정신을 차리고 손을 휘저었다. 제발 뭐라도 잡히길 바
랐다.

"로보야, 뭐 하고 있어? 그냥 나오기라도 해. 어서!"

벼루가 다급하게 소리쳤다. 그러나 로보는 아무것도 할 수 없었다. 모든 게 빈 컵을 바라보고 있는 것만큼이나 벅찼다. 심장이 마구 뛰었다.

'나가야 돼.'

로보는 최대한 정신을 집중했다. 문이 어디쯤 있을지 상상했다. 방향은 변해도 방위는 변하지 않는다. 로보는 자신이 마지막에 어떤 자세로 있었는지 생각했다. 그리고 오로지 정신력만으로 일어서서 문의 위치를 가늠했다. 더듬더듬 앞으로 나아갔다. 문을 열었다.

문밖으로 로보가 갑자기 튕겨져 나왔다. 아이들이 놀라 그쪽을 쳐다보았다. 나낙과 벼루는 몸을 가누지 못하는 로보를 재빨리 부축했다. 무슨 까닭인지 로보의 몸이 땀에 젖어 있었다. 눈물까지 뚝뚝 흘리고 있었다. 그러나 무엇보다도 로보의 손에는 아무것도 들려 있지 않았다.

'대체 저 방에서 무슨 일이 있었던 거지?'

나낙이 벼루에게 눈짓으로 물었다. 벼루도 짐작조차 되지 않는 듯 고개를 흔들어 보였다.

화산탄을
피하는 법

　로보가 나오고 곧바로 실습 시간이 종료되었다. 반은 나온 순서대로 스물다섯 명씩 묶여 네 반으로 나뉘었다. 먼저 나온 학생들부터 바람반, 빗자루별반, 천둥반, 오로라반이 되었다. 나낙과 벼루는 마지막 반인 오로라반에 속해 있었다. 벼루는 하마터면 천둥반에 들어갈 뻔했지만 귀가 뾰족한 쌍둥이 형제가 간발의 차로 먼저 나오는 통에 오로라반이 되었다.

　지함 교수는 바람반 학생들부터 훔친 물건에 따라 점수를 매겼다. 점수는 최고점 5점에서 최저점 마이너스 1점까지 총 7단계로 매겨졌다. 그중 절대로 받아서는 안 되는 점수가 6단계에 있는 0점이었다. 점수는 각 반의 아이들 점수를 모두 곱한 것으로 최종 환산되기 때문에 누구든 한 명이라도 0점을 받는다면 학기가 끝날 때까지 회복할 길이 없었다.

채점 기준은 중복 횟수였다. 누구하고도 중복되지 않는 물건을 훔친 학생이 최고점을 받았다. 중복된 수가 많아질수록 점수가 낮아졌다. 많은 수의 학생들이 똑같이 최신 mp3플레이어를 훔쳐서 1점을 받았다. 벼루를 비롯한 세 명만이 5점을 받았다. 그 밖엔 옷, 신발, 화장품, 보석을 훔친 아이들이 그 비율대로 적당한 점수를 받았다. 지금까지 점수는 최고점이 두 명 있는 바람반이 가장 높았다. 오로라반은 아직 점수가 다 매겨지지 않아 결과를 알 수 없었다. 벼루가 5점을 받고 그 뒤로 3점과 2점을 받았다. 연이어 나낙이 4점을 받자 오로라반의 분위기가 고무되었다. 한동안 1점이 이어지기도 했지만 간간이 2점과 3점이 섞여 들었다. 그럴 때면 점수가 껑충껑충 뛰었다. 그러나 아무것도 훔치지 못한 로보는 마음이 조마조마했다. 어떤 점수를 받게 될지 두려웠다.

벼루가 로보를 떠밀었다.

"매도 먼저 맞는 게 나아. 그냥 가서 점수 받아."

로보는 지함 교수 앞으로 갔다. 미시 세계에서 겪은 일이 아직 몸에 경련처럼 남아 있었다. 지함 교수는 로보를 보더니 안경을 벗고 말했다.

"제한 시간은 아주 중요해요. 만일 오늘 두 시간 내에 나오지 못했다면 0점을 받았을 거예요. 오늘은 첫날이라 친구들이 도와주는 걸 내버려 두었지만 다음부터는 스스로 나와야 해요. 어떤 경우라도 시간을 지키도록 노력하세요. 아무것도 훔치지 못했으니 점수는 마이너스 1점."

오로라반 학생들은 경악했고 다른 반 학생들은 환호했다. 마이너스라니 지금까지 다른 아이들이 차곡차곡 모아 온 점수가 몽땅 소용없어졌다. 아니 오히려 그만큼 뒤처지게 되었다. "아, 뭐야, 말도 안 돼." "쟨 대체 왜 저래?" "하필 재수 없게 저런 애랑 같은 반이 돼서 이게 무슨 꼴이야." 여기저기서 볼멘소리가 터져 나왔다.

mp3플레이어를 훔쳐서 겨우 1점을 받은 고라가 쏜살같이 쫓아왔다.

"넌 대체 의욕이 있는 거니 없는 거니? 마이너스 1점이 뭐야? 네가 우리 반을 얼마나 추락시켰는지 알기나 해? 첫날부터 이게 뭐야?"

나낙이 벌떡 일어나 맞받아쳤다.

"그게 왜 꼭 로보 탓이야? 네 탓이지!"

"뭐? 왜 내 탓이야? 당연히 로보 탓이지. 마이너스를 받은 애는 쟤 하나뿐이라고."

"그러니까 말이야. 너도 마이너스를 받았으면 우리 반이 꼴찌는 안 했을 거 아니야. 반에 도움도 안 되게 겨우 1점을 받아 놓고 무슨 말이 그렇게 많아? 그렇게 흔해 빠진 거나 훔칠 거면 차라리 아무것도 훔치지 않는 게 낫겠다. mp3플레이어가 뭐냐? 격 떨어지게."

나낙의 공세에 고라는 얼굴이 붉으락푸르락해서 자리로 돌아갔다.

채점이 끝나자 지함 교수가 말문을 열었다.

"여러분, 오늘은 첫날인 데다 규칙도 모르고 테스트를 치르느라 고생했어요. 하지만 도둑에게는 매 순간이 절체절명의 순간이에요. 오늘 겪은 고됨이 나중에 어떤 위기에서도 여러분을 살아남게 할 거예요. 또한 편의상 점수를 매기긴 했지만 지금 점수는 그리 중요하지 않아요. 여러분도 짐작했겠지만 점수는 곱하기로 환산되기 때문에 언제든 솟아오르거나 끝도 없이 추락할 수 있어요. 아주 작은 차이만으로도 전혀 다른 결과가 나올 수 있어요. 최종 점수는 학기 말에 확정될 겁니다. 제 의도는 여러분에게 교육의 기회를 주는 거였어요. 입학시험에 대한 긴장도 풀리지 않은 시점이지만 비설당에 입학한 이상 여러분은 완벽한 도둑이 되기 위한 첫발을 내디딘 거예요. 도둑이 되는 과정의 첫 단계는 여러분 각자가 갇혀 있는 관념, 짐작, 선입견, 이미지, 조직적 사고, 논리적 사고에서 벗어나는 거예요. 그런 개인적인 차원에서 벗어나야 비로소 물질을 관조하고 그 흐름을 읽어 낼 힘이 생겨요. 이번 학기 수업은 여러분 각자에게 개인적인

틀을 깨는 시간이 될 거예요. 오늘 다들 잘해 주었어요. 앞으로
수업은 이와 같이 진행됩니다. 누구도 훔치지 않은 물건을 훔쳤
을 때 좋은 점수를 받게 될 겁니다. 수업은 이로써 마치도록 하
겠습니다. 집으로 돌아가는 전차는 언제든 이용할 수 있으니 편
안히 돌아가세요. 수고하셨습니다."

학생들도 우렁차게 인사를 하고 우르르 달려 나갔다. 로보와
나낙과 벼루도 아이들 틈에 끼어 나갔다.

로보는 마이너스 1점의 충격에서 좀처럼 벗어나지 못하고 있
었다.

"너희 이대로 집에 갈 거야?"

나낙이 복도에서 물었다.

"뭐야, 나낙? 어디 가고 싶은 데 있어?"

벼루가 눈을 반짝였다.

"우리 화산 구경 갈래? 아까 피핀이 얘기하는 거 들었는데 이
주변에 화산이 있대."

"피핀은 정말 별걸 다 안다니까. 좋아, 가자. 화산은 나도 어렸
을 때 가 보고 안 가 봤어."

벼루의 얼굴에 생기가 돌았다.

"로보야, 갈 거지?"

로보가 넋이 나간 표정으로 고개를 끄덕였다.

셋은 전차를 타는 대신 허공을 걸었다. 구름이 많이 낀 날이

라 허공 바닥이 울퉁불퉁하고 물렁거렸다. 트램펄린 위를 걷는 것처럼 몸이 붕붕 떴다. 비설당에서 멀어지자 주위가 어두워졌다. 나낙이 애완용 불을 공중에 띄우고 중심을 잡지 못해 휘청거리는 로보의 손을 잡아 주었다.

아이들은 걷다 펭귄을 만나면 펭귄이 지나갈 때까지 자리에서 꼼짝하지 않고 기다렸다. 절대 펭귄을 손으로 잡거나 가는 길을 방해해서는 안 되었다. 그것은 도둑 세계의 공중도덕 중 하나였다. 펭귄이 지나가고 나자 벼루가 말했다.

"저 펭귄은 죽을 거야."

"왜?"

로보가 놀라서 물었다.

"저쪽엔 바다가 없어. 70킬로미터 정도 떨어진 곳에 산이 있는데 저 방향으로 계속 가다가는 산을 넘다가 굶어 죽고 말 거야."

"그럼 무리로 돌려보내 줘야지."

"소용없어. 설사 무리로 데려다 놔도 저 펭귄은 다시 산으로 향할 거야."

"어째서?"

"그건 모르지. 펭귄은 학술원에 초대받는다 해도 정장을 차려입고 나가서 자기가 왜 그랬는지는 보고하려 들지 않을 테니까."

로보는 뒤뚱거리며 멀어져 가는 펭귄의 뒷모습을 바라보았다.

"나낙, 실습 수업 때 네가 들어간 방은 어땠어?"

벼루가 물었다.

"끔찍했어. 시간이 곤충으로 변해 날아다니는 방이었거든. 곤충들이 얼마나 빠른지 물건을 훔치는 것보다 시간 곤충 잡느라 더 기운을 뺐다니까. 결국 한 시간 이십 분짜리 곤충을 잡아 나오긴 했지만 만약 세 시간짜리 곤충을 잡았다면 아직도 그 방에 있었을걸."

"이야, 그런 방도 있구나. 난 내가 들어간 방이 가장 이상한 줄 알았는데."

"어땠는데?"

"방에 딱 들어갔더니 온몸이 가려운 거야. 물건을 훔치려 해도 가려워서 손을 댈 수가 있어야지. 긁느라고 정신이 없었다니까. 내 평생 그렇게 긁어 보긴 처음이야. 정말 미치는 줄 알았어."

벼루가 온몸을 긁는 흉내를 냈다. 셋은 깔깔대며 웃었다.

로보도 기분이 나아졌다. 나낙과 벼루의 얘길 듣고 보니 자기가 겪은 일이 대수롭지 않게 여겨졌다. 그래서 방에서 겪은 일을 어린 시절 언니와 있었던 일만 빼고 말했다. 그런데 나낙과 벼루는 로보의 얘기를 들으며 눈이 튀어나올 정도로 놀랐다.

"미시 세계까지 봤단 말이야?"

벼루의 목소리가 떨렸다.

"그게 뭔데? 어휴, 진짜 이상했어. 유리창은 줄줄 녹아내리고 자명종 소리도 막 눈에 보이고 벽에서는 징그러운 벌레가 길게 늘어지고. 나중에는 공중에 작은 공 같은 게 떠 있는 거 말고는 아무것도 없었어. 텅 비어 있었다니까."

"세상에! 원자야, 원자 단위까지 본 거야. 현미경을 통해서도 볼 수 없는 걸 본 거야. 분자 단위도 아무나 못 본다고 했는데. 비설당 졸업생 중에서도 2.3퍼센트밖에 못 본다고 그랬어. 근데 네가 벌써 그걸 봤단 말이야? 우와! 넌 아마도 굉장한 잠재력을 가지고 있나 봐. 입학시험에서 1등 한 것도 우연이 아닐 거야."

벼루가 감탄했다. 로보는 난데없는 칭찬에 으쓱해졌다.

얼마쯤 걷다 나낙이 물었다.

"우린 나중에 뭘 훔치는 도둑이 될까?"

"난 비물질 도둑이 되고 싶긴 한데 공부를 열심히 하는 건 싫으니 그냥 배수구 도둑이 될래."

벼루가 말했다.

"배수구 도둑? 그게 뭔데?"

로보가 물었다.

"정식 명칭은 탈구축 도둑이야. 탈구축 도둑이 되면 물건과 물건, 물건과 사람 간의 관계를 파악해서 생활의 흐름을 막고 있는 물건들을 훔치게 돼. 고인 물을 뽑아내기 위해 배수구를 만들듯이 말이야. 도중에 낙제하지 않고 비설당을 졸업하면 대개 탈구축 도둑이 될 수 있어. 상위 3퍼센트에 든다면 비물질 도둑이 될 수도 있지만. 비물질 도둑은 분노, 열등감, 적개심, 후회, 슬픔, 오만, 욕심, 거짓말, 이기심, 우월감, 자기 연민, 잘못된 자부심 따위를 훔쳐."

나낙이 설명했다.

"낙제하는 사람은 많아?"

로보는 다른 설명보다도 낙제라는 말에 걱정이 되었다.

"매년 13퍼센트 정도는 낙제한다고 들었어."

"낙제하면 어떻게 돼?"

"최종 과정을 다시 다녀야 돼. 통과할 때까지. 비설당에서는 아주 특별한 경우가 아니면 절대로 학생을 내치지 않아."

"아주 특별한 경우? 그건 어떤 건데?"

"잘은 몰라. 다만 몇 년 전에 비설당에서 퇴출당한 사람이 있단 얘기는 들었어. 비설당은 교육기관일 뿐 아니라 도둑 인증을 받고 졸업한 진짜 도둑들을 관리하는 전문 기관이도 하거든. 보통 전문 기관만 가리킬 때는 비설당 도둑 떼라고 부르기도 하고. 아무튼 굉장히 실력 있는 비물질 도둑이었다는데 퇴출당했대. 몇십 년간 그런 일은 한 번도 없었기 때문에 말이 많았어. 자세한 건 알려지지 않았고."

"퇴출당하면 어떻게 돼?"

"그런 경우 도둑 세계에서 인정하는 도둑은 못 돼. 0점을 받는 것과 같은 거지. 비설당 같은 전문 기관에서 퇴출당하면 도둑 세계와 지상 세계 중 한 곳만 택해야 해. 물론 한 곳을 택하면 당연히 다른 곳엔 출입이 금지돼. 평생 갈 수 없어. 그런 일에 있어서는 꽤 냉정한 편이야. 만일 그가 도둑 세계를 택한다면 일반 관리직 같은 걸 하며 지낼 수 있을 거야. 도둑 세계라 해도 엄연한 사회이기 때문에 각 분야에 사람이 필요하거든. 관리국에는 언제나 처리해야 할 업무가 산더미처럼 쌓여 있대. 뭐 실력이 출중한 경우라면 고도의 수련을 거쳐 해체장에서 일할수도 있고. 지상 세계에서 훔쳐 온 물질이나 비물질은 도둑 세계엔 필요하지 않은 것들이라 대부분 해체시키거든."

"물건들도 전부 해체시켜 버려? 여기서 쓰지 않고?"

"훔쳐 온 걸 우리가 쓴다고?"

나낙이 배꼽을 쥐고 깔깔 웃었다. 벼루도 낄낄대느라 숨을 헉헉댔다.

"우리가 그딴 걸 쓴다고?"

나낙이 경멸하듯 말했기 때문에 로보는 자못 놀랐다.

"도둑 세계를 뭐로 보는 거야? 우린 지상 세계의 물건 따윈 필요하지 않아. 우리가 훔치는 건 그들을 위해서야. 그딴 게 필요해서 훔치는 게 아니라고."

"아니 난 그저 아직 쓸 수 있는 걸 해체시킨다니까 아까워서……."

"도둑은 아무것도 소유하지 않아. 당연하잖아. 소유하고 집착하게 되면 제대로 훔칠 수가 없어. 게다가 소유하는 순간 도둑맞을 위험이 생기고. 생각해 봐, 도둑맞는 도둑이라면 얼마나 우습겠어?"

벼루가 여전히 웃음이 가시지 않은 얼굴로 말했다.

"그래도 그건 그거고 사는 데는 옷이나 이불이나 이런저런 게 필요하잖아. 그리고 사실 너희는 뭐든 갖고 있고……."

"물론이야. 하지만 그런 건 관리국 창고에서 가져다 쓰는 임시품일 뿐이야. 모든 일용품은 공동으로 소유해. 그런데도 우리가 온갖 것을 가진 것처럼 보이는 건 지상 세계가 그렇기 때문이야. 지상 세계를 이해하기 위해 이런저런 체험을 해 보는 거라고. 때때로 누가 부자로 보이거나 가난해 보인다 해도 사실은 그렇지 않아. 다들 임시로 해 보는 것뿐이니까. 중요한 건 그런 체험을 통해 어떤 이해와 통찰에 도달하느냐는 거지. 적당한 기간이 지나면 못을 뽑고 박공을 뜯어 집들과 부두, 관공서와 기념관 같은 것도 옮겨 버리는걸. 도둑들은 모기장처럼 속이 훤히 들여다보이는 세계를 원하니까."

나낙은 그런 말을 하며 얼마나 자부심을 느꼈는지 얼굴까지 벌게졌다. 나낙이 하다 만 얘기를 이어 갔다.

"그렇지만 정 도둑질을 계속하고 싶으면 도둑 세계를 떠나 지상 세계로 가 버릴 수도 있긴 해. 퇴출당한 건 도둑 세계에서의 일일 뿐이니 지상 세계에선 그가 뭘 하든 제재할 수 없어. 또한 비설당에서 익힌 기술이면 A급 도둑이 되는 건 식은 죽 먹기일 거야. 하지만 도둑 세계를 떠나 혼자서 도둑질을 한다는 건 만만한 일이 아니야. 스스로 욕망을 정화하지 못하면 잡스럽고 비열한 도둑이 되기 쉬워. 그건 도둑 세계의 모든 도둑들이 가장 경계하는 일이야."

"난 그가 지상 세계로 갔다고 들었어. 그게 사실이라면 넌 조만간 그를 텔레비전에서 볼지도 몰라. 신출귀몰하는 도둑, 세기의 명도둑 같은 타이틀로 말이야."

벼루가 말했다. 셋은 가볍게 웃었다.

드디어 화산에 도착했다. 이 화산은 지름이 3미터밖에 되지 않는 작은 화산이지만 엄연히 마그마가 끓고 있는 제대로 된 분화구였다. 나낙이 분화구 가장자리로 올라서기 전에 주의를 주었다.

"분화구 앞에 있을 때는 용암 호수가 언제든 폭발할 수 있다는 걸 명심해야 해. 만일 화산탄이 날아오면 절대로 눈을 떼거나 쪼그려 앉거나 돌아서거나 도망치면 안 돼. 정신을 똑바로 차리고 끝까지 봐야 돼. 그리고 자신을 향해 날아오면 비켜서는 거야. 알았지?"

'정신을 똑바로 차리고 끝까지, 그리고 비켜서는 거야.'

로보는 속으로 나낙의 말을 반복하며 그 뜨거운 광물을 바라보았다.

아무리 해도
변하지 않는 것들

로보는 이제 지각하지 않았다. 공사 중인 아파트 단지를 찾는 건 여전히 힘들었지만 시행착오를 거치면서 달리는 속도가 중요하다는 것을 알게 되었다. 전력 질주를 해야만 그곳에 들어갈 수 있었다.

로보는 비설당에서 일주일에 두 번 도둑 세계의 신화 수업을 들었다. 도둑 세계에선 역사를 가르치는 대신 신화를 들려주었다. 도둑 세계 생성 신화에 의하면 도둑 세계는 지상에서 올라오는 유기체와 무기체의 증기를 자양분으로 형성되었다. 때문에 지상 세계가 오염되면 도둑 세계도 오염되었고 지상 세계에서 전쟁이 벌어지면 도둑 세계도 불안해졌다.

신화 수업을 맡은 우판 교수가 두 세계에 관한 신비한 이야기들을 들려주었다.

"……신화는 단 한 사람의 요청만으로도 만들어질 수 있어요."

우판 교수가 최초의 도둑이라 알려진 은송에 대한 신화를 얘기해 주고 위와 같은 말로 마무리 지었다.

"우판 교수님, 그럼 미친 듯이 활발한 뉴트리노가 처음에 정지하게 된 게 은송 때문이라고 생각해도 되나요?"

나낙이 질문했다.

"네, 그렇게 생각할 수도 있어요."

나낙의 얼굴이 환해졌다.

"그렇다면 교수님, 은송의 무엇이 뉴트리노를 정지시킨 거죠? 어떤 에너지가 있었기에 그런 엄청난 일이 생긴 거예요? 처음에 은송은 버림받고 쫓기는 소녀였을 뿐인데요."

"도둑 세계에 처음 길이 만들어진 건 은송이 달아난 자취를 쫓아서예요. 은송은 멈추지 않았고 모든 길이 실타래처럼 감겨들 때까지 달아났어요. 지금도 도둑 세계에는 그때의 길이 상당수 남아 있어요. 나낙, 스스로 풀어 보지 않겠어요? 조금 전에도 말했지만 신화는 단 한 사람의 요청만으로도 만들어질 수 있어요. 즉 여러분 자신의 요청으로도 먼 옛날의 신화를 살려 낼 수 있다는 거예요. 은송의 길이 실마리가 되어 줄 거예요."

우판 교수의 말에 나낙이 눈을 빛냈다.

우판 교수가 또 다른 신화를 들려주었다. 학생들은 때로는 눈을 감고 때로는 누워서 우판 교수의 이야기를 들었다. 아름답고 슬프고 어리석고 기괴한 이야기들이 학생들의 마음에 서서히 녹아들었다.

그러나 무엇보다도 신입생들이 열광하는 과목은 비행술과 위장술이었다. 그것들은 2학년이 되어야 배울 수 있었는데 신입생들은 비행술과 위장술을 연습하는 선배들을 볼 때마다 흥분을 감추지 못했다. 로보도 터무니없이 커다란 날개를 달고 뒤뚱거리는 선배를 처음 보았을 때 환호성을 질렀다. 비행술은 처음엔 날개를 가지고 시작하지만 기술을 완전히 터득하고 나면 날개 없이 날 수 있었다. 학년이 높아져 비행에 익숙해질수록 사용하는 날개가 작아졌다. 선배들이 사용하는 날개는 각자의 몸에 맞게 확대된 잠자리 날개, 무당벌레 날개, 나비 날개, 나방 날개, 파리 날개, 메뚜기 날개 등으로 다양했다. 공중 정지 기술을 익힌 선배가 로보의 머리 위에서 말을 거는 일도 있었다. 하지만 두 쌍의 날개를 동시에 움직이지 못해 힘이 들었기 때문에 시작한 말을 끝까지 하는 경우는 드물었다. 다리를 이상하게 벌리고 나는 선배도 있었고 날개를 접을 줄 몰라 곧잘 다치는 선배도 있었다.

위장술 수업은 은밀히 진행되어 신입생들이 직접 볼 기회는 없었다. 그러나 위장하고 있던 선배들이 복도의 기둥이나 자동판매기, 전등갓에서 종종 튀어나왔다. 그러나 그보다 더한 구경거리는 위장을 풀지 못한 선배들이었다. 어떤 선배는 귀뚜라미 위장을 풀지 못해 다른 수업 시간에도 앞다리를 들고 소리를 들어야 했다. 애벌레로 위장했던 선배는 며칠간 쐐기풀만 먹기도 했다. 신입생들은 비행술과 위장술을 얼른 배우고 싶어 안달이었지만 그들이 들어야 하는 과목은 물리와 신경심리학 같은 수업이었다. 물론 서커스와 요가에서 동작을 차용한 체조도 열심히 해야 했다.

도둑 세계에서 새벽에 돌아오면 로보는 곯아떨어져 늦게까지 잤다. 그렇게 자고 나면 밤새 소진되었던 기력이 차올랐다. 그러나 이런 생활도 오늘이 마지막이었다. 더는 학교에 가는 걸 미룰 수 없었다.

오후 한 시였다. 로보는 뜨겁게 끓인 매실차를 마시며 텔레비전을 보고 있었다. 문이 열렸다. 보보였다. 보보는 잦은 파마와 염색으로 푸석푸석해진 긴 갈색 머리카락을 흔들며 들어왔다. 로보는 언니가 신발을 벗느라 고개를 숙였다가 결 나쁜 머리카락 사이로 얼굴을 드는 걸 바라보았다.

"어, 언니? 이 시간에 웬일이야?"

"수업이 너무 지루해서 연기 좀 했지."

보보는 그다지 노력하지 않고도 상위권의 성적을 유지했다. 친구들과 놀 만큼 놀면서도 비행이라 불릴 만한 일은 하지 않아 선생들의 신임도 얻었다. 그녀는 자신의 위력을 이용할 줄 알았다. 선생들은 그녀의 잔꾀에 눈웃음을 흘리며 넘어갔다. 지각을 하거나 숙제를 하지 않아도 보보는 듣기 편한 충고만 들을 뿐 불쾌한 일은 겪지 않았다.

"근데 넌 왜 집에 있어?"

"나 아파서 요즘 학교 안 가잖아."

"아, 맞다. 너 아팠지. 설마 옮기진 않겠지? 뭐 재밌는 거 해?"

보보가 가방을 거실에 던지고 로보 옆에 와 앉았다. 발칸산맥에서 기온이 가장 낮은 날 새벽 두 시에 딴 장미향이 훅 끼치는 것 같았다. 로보는 언니에게 예민하게 반응했다. 관심 없는 척하면서도 언니의 작은 움직임 하나 놓치지 않고 탐욕스럽게 쳐다보았다.

"이거 뭐야?"

보보가 소파에 몸을 파묻으며 물었다. 머리카락이 나른하게 흩어졌다. 몸에 꼭 맞는 교복 블라우스에 매혹적인 주름이 생겼다. 무심하게 풀어진 보보는 현기증이 일 만큼 편안해 보였다. 로보는 컵을 바닥에 내려놓고 숨을 죽였다.

"〈베토벤의 머리카락〉. 이번 주에 EBS에서 다큐영화제 하거든."

"딴 덴 뭐 안 해?"

"몰라, 나 이거 볼 거야."

로보가 지나치게 단호하게 말했다.

"뭐 하나 돌려 보고 줄게. 리모컨 줘."

"꼭 돌려줘."

보보는 2번에서부터 78번까지 채널을 빠르게 돌렸다. 드라마 재방송, 오락 프로그램 재방송, 때 지난 영화, 반복되는 뉴스, 매년 똑같은 방송강의가 흘러나왔다.

"재밌는 거 하나도 안 하네."

보보가 리모컨을 소파에 떨어뜨렸다. 로보는 얼른 그것을 주웠다.

언니와 함께 시간을 보내는 일은 드물었다. 보보는 소파에 누워 로보의 무릎 위로 다리를 올리고 잠이 들었다. 언니의 숨결이 로보의 마음을 자극했다. 하지만 언니는 잠들었을 뿐이었다. 이 순간 언니는 로보를 완전히 잊고 있었다. 로보는 언니가 깨지 않도록 몸을 움직이지 않은 채 다큐멘터리를 보았다.

루트비히 판 베토벤은 1827년 3월 26일 빈에서 사망했다. 베토벤은 죽을 때 이렇게 말했다. "난 진실이 알려지길 원한다. 내가 왜 귀머거리가 됐는지 알고 싶다. 내가 왜 청력을 잃었는지, 병에 걸렸는지 누군가 알아내 주길 바란다." 의사들은 부검을 했지만 그가 청력을 잃은 원인도 평생 그를 괴롭힌 고질병들의 원인도 알아내지 못했다. 다만 한 소년이 베토벤이 죽은 다음 날 그의 머리카락을 유품으로 잘라 갔다. 이것은 소년의 개인적인 추모이자 사랑이었다.

소년은 베토벤의 머리카락을 평생 소중히 간직하다 아들에게 물려주었다. 그러나 제2차 세계대전이 유럽을 강타하는 사이 베토벤의 머리카락을 간직한 유대인 가족은 역사에서 사라지고 말았다. 1943년 히틀러가 덴마크의 유대인들을 급습하려 했다. 유대인들은 중립국인 스웨덴으로 피신하기 위해 안전한 항구인 길레레예에 모여들었다. 병들고 당황해 쉽게 진정을 못하는 팔십여 명의 사람들이 어두운 다락방에서 숨을 죽였다. 적십자 봉사자들이 환자들을 보살펴 주었다. 이때 유대인 중 누군가가 한 의사에게 감사의 표시로 베토벤의 머리카락을 주었다. 의사는 평생 머리카락을 간직하다 죽기 전 딸에게 남겼다. 딸은 1994년 런던의 경매소에 베토벤의 머리카락을 내놓았다. 머리카락을 산 두 명의 미국인은 밀봉되어 있던 머리카락을 개봉하기로 결정했다. 그리고 마침내 베토벤 시대에는 상상할 수 없었던 기술인 나노테크놀로지에 의해 베토벤이 그토록 알고자 했던 병의 원인이 밝혀졌다.

베토벤의 사인은 납중독이었다. 베토벤의 머리카락에서는 일반인의 백 배에 달하는 납이 검출되었다. 베토벤은 납 때문에 귀가 멀었고 까다롭고 변덕스럽고 광적이며 예측 불가능하게 되었다. 그로 인해 계속 병이 들었고 결국에는 죽음에까지 이르렀다. 베토벤은 죽기 전에 많은 피를 토했다. 황달에 걸렸다. 열이 계속해서 올랐다. 각종 고질병에 시달리며 쇠약해질 대로 쇠약해져 있었다. 복수가 차기도 했다. 당시의 의사는 마취도 없이 배에 구멍을 뚫어 복수를 빼냈다. 그러나 그의 머리카락에서는 당연히 검출될 거라 생각한 모르핀이 검출되지 않았다. 모르핀은 당시의 진통제였다. 베토벤은 맑은 정신으로 음악을 만들기 위해 진통제를 거의 사용하지 않았던 것이다.

로보는 다큐멘터리에 삽입된 베토벤의 음악을 들었다. 고통은 그곳에 그대로 있었다. 베토벤도 그곳에 있었다. 베토벤은 고통 자체가 되었다. 고통은 더 이상 고통이 아니었다. 보보는 살짝 입을 벌리고 잠들어 있었다. 교복 스커트 아래로 곧은 다리가 빛났다. 다큐멘터리가 끝나자 로보는 텔레비전을 껐다. 분주하게 흩어져 있던 마음이 하나의 질감으로 조여 왔다.

잠시 뒤 보보가 눈을 떴다.

"뭐야, 끝났어?"

보보가 부스스 몸을 일으켰다.

"응."

이 순간만큼은 로보는 언니를 의식하고 있지 않았다.

"머리카락으로 뭘 어쨌다고?"

"베토벤이 죽은 이유를 알아냈대."

"왜 죽었는데?"

"납중독이었대."

아직 감동에 젖어 있는 로보의 목소리가 떨렸다.

"왜?"

"거기까진 모르고."

"그래서 뭐 어쨌다고? 딴 데 뭐 재밌는 거 안 해?"

보보가 지루해하며 말했다. 로보는 순간 기분이 상했다. 언니가 로보의 기분을 망치고 있었다. 로보의 얼굴선이 충격적일 정도로 일그러졌다.

"배고픈데 우리 뭐 시켜 먹자. 나 학교에서 점심 안 먹고 왔거든. 로보야, 주방 서랍에서 음식점 광고지 가져와. 뭐가 맛있었더라? 돈은 각자 내는 거다."

로보는 모욕을 당한 듯 불쾌해졌다. 어떻게 베토벤의 이야기에 그토록 무심할 수 있는지 견딜 수가 없었다.

"난 됐어. 언니 혼자 먹어."

"그럼 그러든가."

로보는 문을 쾅 닫고 방으로 들어갔다.

'언니는 정말 형편없어. 제대로 된 건 아무것도 이해하지 못해.'

방에 들어와서도 로보는 화가 가라앉지 않았다. 왜 이렇게 화가 나는지 알 수 없을 정도로 화가 났다.

'언니하고는 다시는 말하지 않을 거야. 더군다나 내가 좋아하는 거라면 절대로 말 안 해.'

로보는 언니가 자신의 소중한 것을 일부러 짓뭉갰다는 기분을 떨치지 못했다.

그즈음 해빈에게 전화가 온 건 의외였다. 로보는 해빈과 메신저에서 우연히 만나는 것 말고는 연락한 적이 없었다.

"몸은 괜찮아? 신종플루 다 나았어?"

"응, 괜찮아. 오랜만이야."

로보는 '근데 웬일이야?' 하는 말이 나오려는 걸 간신히 '오랜만이야.'로 바꾸었다.

"걱정돼서. 개학했는데 학교도 못 나오고."

로보는 의아했지만 그래도 걱정이 되어 전화를 했다니 조금 기쁘기도 했다.

"이제 다 나았어. 내일부터는 학교에 갈 거야."

"아, 그래? 다행이다."

목소리는 문자보다 훨씬 적나라했다. 어색함, 겉도는 마음, 쓸쓸한 기분이 하나도 숨겨지지 않았다. 둘은 잠시 아무 말 없이 가만히 있었다.

"너 홈타운 살지?"

"응."

"실은 나 지금 너희 집 근처인데 병문안 가도 돼?"

로보는 잠깐 멍해졌다. 그녀는 친구를 집에 데려온 적이 없었다. 누군가와 그만큼 친한 적이 없었다.

"우리 집에?"

로보의 목소리가 갈라졌다.

"걱정도 되고, 너 보고 싶기도 하고……. 그냥 한번 와 봤는데…… 안 될까?"

보고 싶다는 말에 가슴이 막혔다.

"아, 아니야, 괜찮아. 너 지금 어디야? 내가 마중 나갈게……. 아, 거기. 알았어. 잠깐만 기다려. 한 오 분이면 될 거야. 응."

로보는 허둥지둥 전화를 끊었다. 화장실로 달려가 세수를 하고 서둘러 머리를 묶었다.

"언니, 내 친구 올 거야. 괜찮지?"

"응."

보보는 교복도 벗지 않고 돈가스를 시켜 먹고 있었다. 로보는 옷을 갈아입었다. 미리 묶은 머리가 흐트러졌지만 다시 묶을 새는 없었다. 신발을 꺾어 신고 뛰어나갔다. 다른 층에 있는 엘리베이터를 기다릴 수가 없어 계단으로 내려갔다. 두 칸씩 쿵쿵 뛰는 소리가 경쾌했다. 로보는 친구 같은 건 아무래도 상관없다고 생각했다. 그런데 해빈이 집 앞에 와 있다는 사실만으로도 기분이 놀랄 만큼 들떠 버렸다.

'내가 왜 이러지? 정말 바보 같아.'

홍분을 가라앉히려고 스스로 핀잔을 줘 봤지만 더욱 기쁘기만 했다.

해빈은 전체적인 생김새가 크고 다부진 아이였다. 눈은 깊고 선량해 보였으며 왼쪽 뺨에 인디언 주름이 있어 웃을 때 더욱 천진해 보였다. 숱이 많고 결이 고운 단발머리에 투명 뿔테 안경을 썼다. 때때로 지나치게 창백하고 불안해 보이기도 했지만 난해할 정도는 아니었다. 로보는 반 배치를 받고 교실에서 처음 해빈을 봤을 때를 또렷이 기억했다. 별생각 없이 시선을 돌렸을 뿐인데도 해빈이 유독 마음에 남았다. 그러나 누군가가 마음에 든다고 정말로 친해질 수 있다고는 생각하지 않았기 때문에 그 이상은 생각하려 들지 않았다.

해빈은 아파트 입구의 벤치에 앉아 있었다. 심플한 카키색 면 바지를 입고 줄을 짧게 한 가방을 메고 있었다. 로보는 해빈을 보는 순간 자신을 전혀 통제할 수가 없었다. 절박할 정도로 환하게 웃었다.

"놀랐어. 네가 우리 집까지 오고."

"친구니까."

해빈이 바삭 마르게 말했다. '친구니까.'라는 말이 로보의 마음에 와 닿았다.

로보가 해빈을 데리고 집으로 들어갔다.

"언니, 같은 반 친구 해빈이야."

"안녕?"

보보가 해빈의 눈을 똑바로 바라보며 인사했다. 순간 보보의 눈이 점점 깊어져 상대의 눈을 뚫고 지나갈 것 같았다.

"안녕하세요? 서해빈이에요."

해빈이 얼굴을 붉혔다. 옆에서도 눈치챌 정도로 긴장하고 있었다.

"로보야, 내 방에서 젤리랑 초콜릿 가져다 친구랑 먹어."

언니는 선물 받은 간식거리가 많았지만 나눠 주는 일이란 평소엔 없었다.

로보는 해빈을 자기 방으로 안내하고 흥분해 돌아다녔다. 아무거나 괜찮다는 해빈에게 굳이 주스 마실래, 차 마실래, 우유 마실래 하고 물어서 포도 주스를 준비했다. 냉동실에서 호두와 잣과 아몬드를 꺼냈다. 언니가 준 젤리와 초콜릿도 가져왔다. 오징어를 굽고 찍어 먹을 마요네즈와 고추장도 접시에 담아 내왔다.

"갑자기라, 집에 이런 것밖에 없어서……."

로보는 먹을 만한 게 뭐가 더 있을까 생각했다. 그녀는 초조했다. 뭔가 잘하고 싶은데 어떻게 해야 좋을지 몰랐다.

"아, 만두 있는데 먹을래? 나 군만두 잘하는데."

"아냐, 됐어. 지금도 많아. 나 밥 먹은 지 얼마 안 돼서 많이 못 먹어. 그리고 금방 가 봐야 돼."

"아, 그래."

둘은 어색해져 말이 없었다. 그러다 가까스로 생각해 낸 날씨 얘기를 했다. 연예인 얘기를 하다 학교 얘기를 했다. 이십 분쯤 흘렀다.

해빈이 은밀하게 말을 꺼냈다.

"너희 언니가 그 유명한 보보 언니인 줄 몰랐어. 어제 처음 알았어."

로보는 불안해졌다.

"희정이한테 듣고 얼마나 놀랐는지 몰라. 너랑은 전혀 안 닮았어. 자매가 이렇게 다를 수도 있나? 그런 말 많이 듣지?"

"응."

"보보 언니, 이 시간에 보통 집에 있어?"

"들쑥날쑥해."

"보보 언니, 진짜 예쁘다. 넌 좋겠다. 보보 언니가 너희 언니여서. 매일 볼 수 있잖아."

로보는 대꾸하지 않았다. 해빈이 가방에서 정성껏 포장한 선물을 꺼냈다.

"이거 보보 언니한테 좀 전해 주라. 언니 마음에 들지 모르겠어. 나 이거 산다고 발품 엄청 팔았어. 돈도 많이 들었지만 진짜 힘들게 산 거야. 근데 쑥스러워서 직접은 못 주겠어. 네가 말 좀 잘해 주라. 응?"

로보는 이런 선물을 받으면 어떤 기분이 들지 상상이 안 됐다.

"이거 뭐야? 뭐 샀어?"

"야, 그런 걸 너한테 말할 수는 없지. 김빠지게."

해빈이 어이없어했다.

"보보 언니는 어떤 음식 좋아해?"

"몰라."

로보가 퉁명스럽게 말했다. 마음이 복잡해져 자기도 모르게 냉정해졌다. 그러나 해빈은 개의치 않았다.

"생일은 언제야?"

"생각 안 나."

"야, 말도 안 돼. 어떻게 언니 생일을 몰라?"

"넌 너희 엄마 생일 알아?"

"어? 3월인데."

"3월 며칠?"

"그게 음력이라서 날짜는……."

"거봐. 넌 엄마 생일도 모르면서 뭐."

"그거랑은 다르지. 보보 언니는 특별하잖아. 다른 사람 생일은 몰라도 보보 언니 생일은 모를 수 없지. 그게 말이 된다고 생각해? 너 지금 보보 언니가 너희 언니라고 유세 떠는 거지?"

로보는 눈물이 핑 돌았다. 해빈도 기분이 나빴다. 별것도 아닌 게 보보 언니 덕에 잘난 척하는 꼴이 보기 싫었다.

"야, 그런 것 좀 가르쳐 준다고 손해날 거 없잖아. 뭘 그렇게 비싸게 굴어? 일부러 병문안까지 온 사람한테 이래야겠냐?"

로보는 화장실에 간다는 핑계로 자리에서 일어났다. 이렇게 아무것도 아닌 일에 눈물까지 고인 게 더욱 화가 났다. 언니는 방으로 들어갔고 거실은 비어 있었다.

로보가 화장실에서 돌아오자 해빈이 아무 일 없었다는 듯이 생글거렸다.

"갑자기 와서 내가 귀찮게 했지? 미안. 성질이 급해서 말이야. 근데 정말 궁금해서 그래."

해빈이 한결 다정하게 말했다. 로보도 미안한 생각이 들었다.

"보보 언니, 어떤 색깔 좋아해?"

"검정."

"숫자는?"

"0."

"혈액형은?"

"B형."

"취미는?"

"음악 듣기."

해빈이 눈을 반짝였다.

"어떤 음악? 좋아하는 가수 있어?"

로보는 생각해 보았다. 그러나 언니가 음악을 많이 듣는다는 것만 알았지 어떤 음악을 듣는지는 몰랐다.

"모르겠어."

해빈이 한숨을 쉬었다.

"알았어. 뭐. 됐어. 너 언니랑 안 친한가 봐. 하긴 보보 언니가 너를 상대하는 게 좀 그렇긴 하다. 그치?"

해빈이 빈정거렸다.

"나 갈게. 선물 좀 잘 전해 줘."

해빈이 가방을 탁탁 털며 일어났다. 그리고 거실로 나오자 갑자기 배시시 웃었다.

"저기, 로보야, 나 보보 언니한테 인사하고 갈게. 언니 방 저기야? 언니 좀 불러 주면 안 돼?"

"언니 음악 듣고 있을걸. 방해하면 싫어해."

로보는 해빈을 버스 정류장까지 배웅했다. 버스가 오자 해빈이 인사도 없이 버스에 올라탔다. 해빈이 떠나자 로보는 힘이 쭉 빠졌다. 그녀는 버스 정류장에 한참을 앉아 있다 집으로 돌아왔다. 로보의 방은 엉망이었다. 겨우 주스 두 모금을 마시고, 젤리 하나를 까먹었을 뿐 그 밖엔 손도 대지 않은 음식들이 널브러져 있었다. 로보는 이것들을 어떻게 치워야 할지 난감했다. 해빈이 준 선물은 언니에게 갖다 주었다. 로보는 이제 자기 방이 무서워졌다. 해빈이 앉아 있던 자리가 선명하게 눈에 띄었다. 만일 이 순간 눈물을 흘린다면 눈물이 떨어지는 자리마다 구멍이 나고 말 것 같았다.

다섯 시였다. 로보는 슬슬 비설당에 갈 준비를 해야 한다는 게 떠올랐다. 그녀는 몇 시간 동안 자신이 도둑이라는 것도 도둑 세계와 새로운 친구들에 대해서도 까마득히 잊고 있었다. 기형적인 시간이었다.

'내가 도둑이란 걸 기억하기만 했어도 이 정도로 비참한 기분이 들지는 않았을 거야.'

로보는 후회했다.

집채만 한
파도

    다음 날부터 로보는 학교에 갔다. 하지만 도둑 세계에서 새벽에야 돌아왔기 때문에 책상에 엎드려서 잠이나 자는 게 일이었다. 해빈이 몇 번이나 접근해 왔지만 로보는 더는 해빈을 상대하지 않았다. 해빈이 언니와 관련된 부탁을 해 오는 족족 단호하게 거절했다.

    로보는 학교에서 몇몇 친구들과 인사만 했지 어울려 노는 일은 없었다. 누군가 뭔가를 빌려 달라고 하면 빌려 주었지만 로보가 빌리는 일은 없었다. 종일 몇 마디 하지 않는 날이 많았다. 로보에겐 친한 친구가 없었다. 삼삼오오 모여 종일 떠들어 대는 애들이 부러웠다. 그럴 때면 나낙에게 문자를 보냈다. 나낙은 로보와 연락을 하기 위해 휴대폰을 구했다. 도둑 세계에선 체험하기 위해서라면 어떤 물건이든 가질 수 있었다.

나낙아 뭐 해? 난 학교. 쏟아 놓은 모래 더미처럼 책상에 엎드려 있어.

ㅋ. 난 『도둑과 다른 사람들』이란 책 읽고 있어. 이따 내가 애완용 불이 낳은 새끼 보여 줄게.

이야, 기대돼.

새파란 색깔인데 엄청 귀여워. 이름도 지었어.

뭔데?

야라링.

재밌다. 마음에 들어.

너 야라링 줄까? 키워 볼래? 어차피 지상 세계에는 못 가져가니까 비설당에 올 때만 네가 돌보고 다른 때는 내가 봐줄게.

아니, 자신 없어. 난 분명 금방 꺼뜨릴 거야.

아빠가 구름이나 불은 물질과 비물질의 경계에 있는 거라 애완용으로 키워 보면 감각을 기르는 데 좋다고 하셨어. 그러지 말고 너도 키워 봐.

으으윽, 싫어. 난 보는 건 괜찮은데 만지는 건 좀……. 실은 지상 세계에선 구름이나 불 같은 건 만질 수 없는 거잖아. 그런데 그걸 만져 버리면 진짜 만질 수 있는 나 같은 게 거꾸로 만져지지 않을 것 같아. 기분이 아주 이상해져 버려.

뭐야, 로보, 완전 소심쟁이!

나낙은 하늘에 떠 있는 별처럼 로보에게 위안이 되었다. 낮에 도둑 세계를 떠올리면 그곳이 한없이 신비롭게 여겨졌다. 밤이 되면 당연하게 여겨졌지만 낮에는 여전히 믿기지 않았다. 도둑 세계 사람들은 낮엔 거의 활동을 하지 않았다. 특히 아이들은 변온동물처럼 체온이 변해 아침에는 잘 움직이지 못했다. 소일 거리를 하며 체온이 오르길 기다려야 했다. 그러나 진짜 도둑이 되면 그런 한계가 하나둘씩 사라졌다.
　계절이 변해 가을이 왔다. 중간고사가 있었고 로보는 시험을 잘 보지 못했다. 성적이 발표되자 담임은 하위 그룹을 불러다 욕설 섞인 꾸지람을 했다. 그런데 담임은 로보를 부르지 않았다. 이상하지만 다행이었다.

미술 시간이었다. 로보는 등굣길에 화선지를 사야 한다는 걸 깜박했다. 미술 선생은 준비물을 챙겨 오지 않은 학생들을 일으켜 세워 2점씩 깎았다. 학생들은 자기 차례가 되면 번호와 이름을 말했다. 로보도 그렇게 했다. 그런데 미술 선생은 체크하지 않고 멍하니 명렬표만 쳐다보고 있었다.

"학생, 몇 번? 이름이 뭐라고?"

"11번, 박로보요."

"어, 그게……."

양쪽 볼이 홀쭉하게 들어간 미술 선생이 고개를 갸우뚱거렸다.

"어, 그래. 다음."

로보는 미술 선생이 명렬표에 아무런 표시도 하지 않는 걸 분명히 보았다.

'왜 저러시지? 나 점수 안 깎인 거야?'

로보는 의아했지만 다행이라고 생각했다.

로보는 학교에서 별일 없이 지냈다. 칠판 앞으로 불려 나가 어려운 수학 문제를 푸는 일도 없었고 출석부에서 이름이 불려 영어 교과서를 읽어야 하는 일도 없었다. 숙제를 내지 않아도 그다음 시간에 이름이 불리지 않았다. 몰래 조퇴를 해도 담임한테 걸리지 않았다. 어떤 애들은 담임이 로보만 편의를 봐준다고 투

덜댔다.

어느 날 로보는 주번이 교탁 위에 올려놓은 출석부를 펼쳐 보았다. 9번 박다해, 10번 박라연, 11번 박로보가 줄지어 있었다. 그런데 다시 눈을 들어 보니 어쩐지 읽을 수가 없었다. 9번 박다해, 10번 박라연, 하지만 그다음은 읽히지가 않았다. 분명히 거기 있다는 걸 알고 있는데도 읽을 수가 없었다. 순간 로보는 비설당에서 처음 이름표를 받던 날 나낙이 했던 말이 생각났다.

'우판 교수님이 네 이름을 훔쳐서 이름표에 새겨 주신 거잖아. 네가 전에 다녔던 학교들에서 썼던 이름의 일부, 그걸 훔쳐서 새로 주신 거지.'

로보의 이름이 훔쳐지고 있었다. 그녀는 불안과 쾌감을 동시에 느꼈다.

다음 날부터 로보는 자기 이름이 어디까지 존재하고 어디서부터 사라졌는지 실험해 보았다. 그녀는 숙제를 내야 하는 경우 일부러 반장한테 내지 않고 교무실로 찾아갔다.

"선생님, 저 1학년 5반 박로보인데요."

"그래, 무슨 일이니?"

"도덕 숙제 가져왔어요."

"뭐야? 1학년 5반이면 어제 반장이 가져와서 점수 다 매겼는데 이제 갖고 왔어? 이 녀석 이거 감점당해야겠구먼. 과제물은 거기 두고. 몇 번이야, 너?"

"11번이요."

"11번이라, 가만있어 보자, 어, 그게, 그러니까……."

도덕 선생이 멍해졌다.

"그래, 가 봐라."

선생이 뭔가에 홀린 듯 힘없이 말했다.

로보는 그런 식으로 전 과목 선생들을 찾아다녔다. 시험 성적을 다시 확인하고 싶다고 하거나 잘못을 저질러 로보의 이름 옆에 체크해야 되는 상황을 만들었다. 대부분의 선생들이 멍해졌다. 그들은 로보의 이름을 잃었다. 그러나 용케도 과학 선생은 아직 로보의 이름을 갖고 있었다. 1학기 때 교무실에 불려 가 담임한테 혼나고 나오는 길에 과학 선생이 슬쩍 따라 나와 어깨를 두드려 주고 간 일이 있었다.

애들 사이에서 불리는 이름은 그대로였다. 애들은 1번, 11번, 21번, 31번이 차례로 걸려 질문에 답해야 했을 때도 11번 박로보가 미묘하게 빠지는 걸 보고 정말 운이 좋은 애라고 생각했다. 로보도 예전보다는 지금이 좋았다. 그러나 으레 학교에서 느끼는 불편한 마음은 가시지 않았다.

학교에서 돌아오면 로보는 비설당에서 배운 몇 가지 체조 동작을 해 보았다. 서커스와 요가에서 차용된 동작들은 가벼우면서도 힘이 있었다. 맨손으로 벽을 타고, 높은 곳에서 뛰어내리고, 좁은 틈을 비집고, 인기척을 내지 않고 숨는 데 기초가 되는 동작들이었다. 근육은 올바른 방향으로만 단련된다면 의지에 따라 물처럼 흘러 이르지 못할 곳이 없었다.

로보는 허리를 곧추세우고 숨을 늘일 수 있는 대로 늘려 가며 복식호흡을 했다. 모든 근육의 근원이라 불리는 호흡기관과 순환기관을 보호하는 대흉근부터 천천히 움직여 나갔다. 숨을 들이쉴 때는 바늘 하나 들어갈 자리 없이 조였다가 숨을 내쉬면서 세포 하나하나를 흩뜨렸다. 근육마다 성질이 다르기 때문에 단련하는 부위별로 호흡법이 달라졌다. 운동을 할 때는 적당한 선에서 멈추지 않고 극단까지 밀어붙이는 게 중요했다. 극단 속에서 새로운 에너지가 깨어났다. 십 분쯤 집중했을 뿐인데도 땀이 푹 쏟아졌다. 한 방울의 땀이 로보의 입술로 스며들었다. 로보는 땀을 뱉어 내지 않고 그대로 혀끝으로 눌러 미각으로 환산했다. 학교에서 불편했던 마음에 조금씩 바람이 통했다.

비설당의 수업은 재밌기도 하고 어렵기도 했다. 한동안 지루하게 여겼던 물리 수업에는 차츰 재미가 붙었다. 물리 수업을 듣고 나면 감각의 경계가 넓어졌다. 라디오를 듣다 주파수가 안 잡힐 때면 우주에서 폭발한 성운들의 미립자 복사에너지를 느낄 수 있었다. 애들이 교실에서 뛰어다닐 때면 마룻바닥과 맞닿은 벽돌이 움츠러드는 것도 볼 수 있었다.

그즈음 로보는 친구들 사이에서 하나의 재주를 인정받게 되었다. 그녀는 바닥에 떨어진 지우개를 누구보다 잘 찾았다. 로보

는 비설당 수업을 통해 공간이 균일하고 특색 없이 뚫려 있는 것
이 아니라는 걸 알게 되었고 허공에 있는 지문 같은 굴곡을 읽
어 내는 법을 배웠다. 그래서 다른 애들은 책상 밑으로 몸을 구
겨 넣고 손을 뻗어 휘저을 때 로보는 지우개가 어느 굴곡을 따
라 떨어졌는지를 살펴 지우개를 찾아냈다. 그 작은 재주로 친구
들 사이에서 위상이 조금 높아졌다. 친한 친구들도 생기고 수업
이 끝난 뒤 어울려 놀기도 했다.

오늘은 친구들과 스케이트를 타러 가기로 했다. 로보네 집에
서 자전거를 타고 십오 분 정도 가면 빙상경기장이 있었다. 각자
집에 갔다가 한 시간 뒤에 빙상경기장 앞에서 만나기로 했다. 로
보는 집에 와서 옷을 갈아입었다. 스케이트를 탈 때 덧입을 점퍼
를 챙기고 장갑도 넣었다. 간단히 요기를 하고 일찌감치 집을 나
섰다. 엘리베이터에서 내리면서 '나 지금 집에서 나왔어. 넌 어
디?' 하고 최근 가장 친하게 지내는 설우에게 문자를 보냈다. 그
러고는 자전거에 올라탔다. 군더더기라곤 없는 선명한 날이었다.

로보는 페달을 밟으면서 문자 알림 소리가 들리는지 주의를
기울였다. 주변의 소음 때문에 듣지 못했나 싶어 도중에 자전거
에서 내려 확인했다. 중요한 건 아니지만 그래도 답이 기다려졌
다. 곧이어, 빙상경기장에 도착했다. 그녀는 붉은 벽돌 계단에
앉았다. 약속 시간은 이십 분가량 남아 있었다. 총 다섯 명이 모
이기로 했다.

춥지는 않았다. 하지만 로보는 자기도 모르게 몸을 웅크렸다. 어느덧 한 시간 삼십 분이 흘러 버렸다. 아무도 오지 않았다. 누구도 전화를 받지 않았고 문자에 답도 없었다. 더 기다려 봐야 소용없었다. 그래도 좀처럼 자리를 뜨지 못했다. 어째서 아무도 오지 않는 건지 이해할 수 없었지만 그런 건 로보의 사정이었다. 로보는 미적거리다 일어났다. 자전거는 빙상경기장에 두고 걸었다. 비설당에 갈 시간이었다. 최고의 속도로 달려 아파트 공사 현장에 들어갔다.

언제부터인가 여기에 오면 마음이 편해졌다. 공사 중인 건물들은 새로 지은 것 같기도 하고 일부러 허물어 버린 것 같기도 했다. 임시 외벽에 둘러싸인 이곳은 어느 곳보다 조용했다. 어제 온 비로 바닥 군데군데에 웅덩이가 패어 있었다. 로보는 웅덩이를 피해 걸었다.

메신저 알림 소리가 났다. 귀가 번쩍 뜨였다. 땀이 나도록 손에 쥐고 있던 휴대폰을 열었다. 친구들이 아니었다. 모바일 메신저로 이빨고양이가 말을 걸어왔다.

― 안뇽하사?

― 오랜만. 그간 연락이 안 되던데 어떻게 된 거야?

─어디 좀 다녀왔어. 먼 길이라 휴대폰 같은 건 들고 갈 수가 없었어.

─너도 가방 같은 걸 이용하면 좋을 텐데.

─그렇겠지.

─내가 하나 갖다 줄까?

─괜찮아. 주인도 없는 고양이가 별난 행동을 해 봐야 귀찮은 일들만 생기니까.

─그도 그렇겠다.

─무슨 일 있어? 기운이 없네.

─그걸 어떻게 알아? 문자로 그게 보여?

─난 고양이란 말이지. 눈치 빼면 시체지.

─ㅋ. 친구들이랑 만나기로 했는데 아무도 나오지 않았어.

— 연락도 없이?

— 응.

— 몇 명이나?

— 나 빼고 넷.

— 전부 다 안 나왔단 말이지?

— 응.

— 짐작 가는 이유는?

— 없어. 혹시 나 따돌림당한 건가?

— 아마도.

로보는 입술을 잘근 씹었다.

— 이거 알아?

고양이가 말했다.

— 따돌림을 당하는 데 이유가 없는 것보다는 있는 게 나아.

— 무슨 말이야?

— 이유가 있다면 최소한 매듭은 있는 거야. 풀어내든 잘라 내든 할
수 있어.

— 넌 아주 오래 산 것 같아.

— 난 겨우 한 살이야. 인간 나이로 치면 열다섯 살 정도라고. 한창
때라고 불러 주는 편이 좋겠어.

— ㅋ. 난 이제 가 봐야 해.

메신저를 끝내려는 순간 마지막 메시지가 길게 떴다.

— 고통은 집채만 한 파도에 떠밀려 와. 그런데 고통이 떠밀려 올 땐
그걸 극복할 수 있는 힘도 함께 떠밀려 와. 기다릴 수만 있다면
해독제는 이미 있어.

로보는 비상 통로를 달렸다. 도둑 세계로 갈 생각을 하니 몸이 날아갈 듯 가벼워졌다.

다음 날 로보는 친구들에게 어제 왜 오지 않았느냐고 물었다. 그런데 하나같이 "어머, 미안해. 깜박했네. 다른 애들도 안 나왔어? 난 누군가 나갔을 줄 알았지." 하고 무성의하게 답했다. 로보는 이해가 되지 않아 오전 내내 친구들을 쫓아다니며 이것저것을 따져 물었다. 하지만 깜박했다는 말 이상은 들을 수 없었다. 친구들은 자기들끼리 웅성거리다 로보가 다가가면 말을 멈추었다. 하지만 그건 그녀의 친구들뿐 아니라 다른 애들도 마찬가지였다. 그녀에게 무관심하던 애들마저 무슨 일인지 자꾸 그녀를 흘끗거렸다. 노골적으로 기분 나쁜 눈짓을 던지기도 했다. 로보는 애벌레가 우글거리는 옷을 입고 있는 것처럼 기분이 이상했다.

수업이 끝날 무렵 설우가 쪽지를 보내 음악실에서 보자고 했다. 로보는 음악실로 갔다. 설우는 아직 오지 않았다. 로보는 피아노 앞에 앉아 십 분 넘게 기다렸다. '혹시 이것도 장난인가?' 하는 의심이 들 때쯤 설우가 들어왔다.

"늦어서 미안. 애들 눈에 안 띄게 오느라."

"왜 몰래 와야 하는데?"

"너 정말 몰라?"

"뭘?"

"너에 대해 돌고 있는 소문."

"소문? 무슨 소문?"

로보는 별생각 없이 되물었다. 혹시 자기가 도둑이란 게 탄로난 건 아닐까 하는 생각이 스쳤지만 그건 아닐 것 같았다.

"내 입으로 이런 말 전하긴 싫지만……."

설우가 곤혹스러운 듯 얼굴을 찌푸렸다.

"네가 어제 그렇게 오래 기다린 줄 몰랐어. 조금 기다리다 안 오면 그냥 가지 왜 그랬어?"

로보는 설우가 미안해하는 걸 느낄 수 있었다. 그 마음만으로도 섭섭하던 마음이 풀렸다.

"다른 애들은 몰라도 너는 올 줄 알았어."

설우의 얼굴이 일그러졌다.

"근데 소문이란 게 뭐야?"

설우는 입 안에 기생충이라도 들어앉은 듯 쉽게 입을 열지 못했다. 한참 뜸을 들이다 말했다.

"네가 너희 언니를 동생 이상으로 좋아한대."

"뭐? 그게 무슨 말이야?"

"해빈이가 너희 집에 갔었다는데 사실이야?"

"응, 왔었어."

"세상에! 정말이구나."

"근데 그게 왜? 대체 무슨 소리야?"

"해빈이가 봤대. 네가 언니에게 연인한테 하듯이 징그럽게 치근대는 걸. 그런 변태 같은 사람들 있잖아. 남매 간에 사귀기도 하고 자매 간에 뭐……."

로보는 설우가 무슨 말을 하는지 알 수 없었다. 아무런 느낌이 없었다.

"지금 애들 사이에선 그 얘기로 난리야. 보보 언니가 워낙 인기가 있잖아. 널 무슨 원흉처럼 여기고 있어."

집채만 한 파도가 밀려 오고 있었다. 물살마다 칼날이 번뜩였다. 그 파도에 집어삼켜진다면 온몸이 난도질당하고 말 것이다.

"근데 로보야, 솔직히 말해봐. 해빈이 말 진짜야? 너 진짜 보보 언니한테 그래?"

설우가 호기심 가득한 얼굴로 물었다. 로보는 아니라고 말하고 싶었지만 말이 나오지 않았다.

"왜 대답을 못 해? 너 혹시 진짜야? 설마 징그럽게, 아니지?"

로보는 고개를 흔들었다. 분명히 말해야 했다. 아니라고 말해야 했다. 그런데 그게 되지 않았다.

"나 그만 가 봐야 돼. 너랑 있는 거 애들한테 들키면 곤란하거든."

설우가 대충 알겠다는 표정을 짓고 음악실을 빠져나갔다. 로보는 대부분의 애들이 하교할 때까지 음악실에 있었다. 한참 뒤에야 어둑해진 교문을 나섰다.

마이너스의 환대

로보는 흙으로 외벽을 바른 방에 들어갔다. 비설당의 다른 수업들에는 제법 재미가 붙었지만 실습은 여전히 어려웠다. 학생들은 지함 교수가 개별적으로 해 주는 충고를 토대로 욕망과 사물 간의 관계를 논리 이상의 통찰력으로 구축해 가야 했다.

이번에 로보가 들어간 방은 명상을 하기 좋을 정도로 평화롭고 개인적인 느낌이 들었다. 첫날 이후 미시 세계의 환각에 빠지는 일은 일어나지 않았다. 로보는 그동안 마이너스 점수를 받지는 않았지만 1점 이상도 받아 보지 못했다. 특이한 걸 훔쳐 보려고 애를 써서 골라 나와 보면 대부분의 아이들이 로보와 같은 걸 들고 있었다.

로보는 자기가 만들어 놓은 마이너스를 플러스로 전환시켜야 한다는 강박관념에 시달렸다. 날이 갈수록 오로라반의 점수는 계속 파내려 가는 지하 동굴처럼 낮아졌다. 그러나 일부러 마이너스 점수를 받으려고 물건을 훔치지 않거나 친구들과 짜서 뭔가 수를 부리다 걸리면 0점을 받을 수도 있었다. 비설당에서는 결과가 무엇이건 최선을 다한 행위만 평가받았다. 그렇지 않은 행위는 0점을 받아 헤어 나올 길이 없어졌다.

로보가 들어간 방에는 부피 큰 소파가 놓여 있었다. 바닥과 천장은 따뜻한 흰색으로 덮여 있었다. 창문으로 빛이 쏟아졌다. 로보는 왼쪽 벽 귀퉁이에 붙어 있는 의자에 앉았다. 커튼을 치고 복고풍 독서 램프가 놓인 탁자에 팔을 얹었다. 주위가 조용하자 학교에서 겪은 일들이 몸속에서 소용돌이치기 시작했다.

요즘 로보는 학교에서 변태 취급을 받았다. 노골적인 따돌림을 당했다. 로보는 누가 뭐라고 할 때마다 그렇지 않다고 해명했다. 그런데 이상하게도 아니라고 하면 할수록 스스로에게조차 애들 말이 사실인 것처럼 느껴졌다. 알 수 없는 일이었다. 로보가 한 마디를 할 때마다 너무 많은 애들이 반박했다. 로보의 말투와 표정, 떨림, 붉어진 얼굴, 마구 움직이는 눈동자 따위를 증거로 들어 애들은 로보가 거짓말을 하고 있다고 했다. 로보는 어쩔 줄 몰랐다. 설우를 쫓아가 얘기해 봤지만 말을 하다 보니 스스로도 정말 변태처럼 언니를 좋아하고 있는 건 아닌지 헷갈려 버렸다. 모든 게 더 혼란스러워졌다. 별생각 없이 지우개를 빌려 달라고 등을 톡톡 친 애에게 자기도 모르게 신경질을 냈다. 그럴수록 상황이 나빠진다는 걸 알면서도 헤어 나올 수가 없었다. 언니와 관련된 일만 아니었다면 더 나은 방법을 찾을 수 있었을지도 모른다. 처음에는 해빈을 포함한 몇 명만 로보를 따돌렸지만 차차 같은 반 대부분의 애들이 로보를 싫어하게 되었다.

의자에 가만히 앉아 있으니 몸이 풀어졌다. 잠시 뒤 눈물이 쏟아졌다. 로보는 체크무늬 무릎 담요에 얼굴을 묻고 얼마간 소리 내어 울었다. 울음을 그치고 가방에서 물티슈를 꺼내 얼굴을 닦았다. 눈물 자국을 꼼꼼히 닦고 코를 풀었다. 이마에 맺힌 땀도 훔쳤다. 젖은 머리카락을 단정하게 정리했다. 눈은 아직 충혈되어 있었고 붉게 달아오른 뺨도 식지 않았지만 그래도 얼굴은 한결 일상적으로 돌아와 있었다.

로보는 정신을 차리고 방을 둘러보았다. 지금은 무엇이든 훔쳐야 했다. 방에는 극히 제한적인 물건들만 있었다. 로보는 그것들을 세밀히 살폈다. 전체와의 조화 속에서 어떤 물건이 방에 활력을 주는지 어떤 물건이 사람을 무기력하게 만드는지 면밀히 생각해 봐야 했다. 로보는 일일이 물건들을 손으로 만져 보았다. 그러다 맨바닥에 주저앉았다. 아무래도 견딜 수가 없었다.

순간 방의 느낌이 변했다. 조금 전까지만 해도 부드럽고 편안했던 공간이 눅눅하고 차가워졌다. 이토록 음산하고 우울한 방

은 본 적이 없었다. 방이 서서히 재로 변해 갔다. 로보는 어리둥
절해 쳐다보고만 있었다. 그러나 이것은 비설당 수업이었다. 무
엇이라도 훔쳐야 했다. 로보는 서둘러 의자 위의 담요로 손을 뻗
쳤다. 그런데 손이 닿기 전에 담요가 검댕으로 변했다. 독서 램
프도 소파도 탁자도 그녀의 손이 닿기 전에 사그라져 버렸다. 그
위에 올려져 있던 책도 부서졌다. 즐거운 무도회를 마치고 뒤늦
게 불러들이는 영혼처럼 물건들이 얌전하게 스러졌다. 이대로라
면 로보도 재가 될 것 같았다. 그녀는 더 견디지 못하고 방을 뛰
쳐나왔다.

　로보는 지렁이 소파에 기대어 반쯤 몸을 뉘였다. 몸이 흠뻑 젖
어 있었다. '쩡' 하고 소리를 지른 것처럼 천장이 높았다. 벼루와
나낙은 아직 방에서 나오지 않았다. 십여 명의 아이들만 밖으로
나와 있었다. 지함 교수는 클립보드와 스톱워치, 두 개의 검은
파일을 책상에 놔두고 학생들을 응시하고 있었다. 지함 교수를
보자 로보는 비로소 안심이 되었다.

　실습이 종료되었다. 나낙도 오늘은 다른 날보다 더 힘들었는
지 거의 말을 못 했다. 벼루도 피곤했는지 자꾸 똥 얘기를 했다.
벼루는 피곤할 때면 언제나 똥 얘기를 했다.

　"벼루야, 나 괜찮을까? 아무것도 못 훔쳤어."

　로보가 말했다.

　"진짜? 정말 잘했어. 로보야, 넌 저번처럼 마이너스를 받을 거

야. 그럼 드디어 우리 반이 바람반과 천둥반을 역전하게 되는 거
야. 야호!"

현재는 빗자루별반이 1등을 달리고 있었다.

"근데 내가 최선을 다했다는 걸 어떻게 알지? 물론 교수님은
아시겠지만 난 잘 모르겠어. 어느 정도가 나의 최선인지. 조금
더 버텨서 타다 만 조각이라도 찾아냈어야 하는 건 아닌지…….
내가 너무 일찍 포기해 버린 거라면 어쩌지? 그럼 0점이잖아."

나낙은 로보에게 기댄 채 둘의 대화를 듣고 있었다.

"그야 나도 잘은 모르지만, 그래도……. 최선을 다한다는 건
결과로 드러나기도 하지만 결국은 자기 자신답게 되는 거잖아.
넌 요즘 비설당에 처음 왔을 때보다 훨씬 너답게 느껴져. 뭐가
달라진 건지는 모르겠지만 어쨌든 괜찮지 않을까?"

"걱정 마, 로보야."

나낙이 속삭였다.

"그나저나 내 구름 보여 줄까?"

벼루가 불룩한 주머니를 열어 보였다.

"봐 봐, 이제 제법 예뻐졌지? 광택도 나지? 요즘엔 올라앉을
수 있을 만큼 크게 만들 수도 있어. 당장 보여 주고 싶은데 여기
서 꺼내면 교수님한테 혼나겠지?"

나낙이 엄한 얼굴로 고개를 끄덕였다.

채점이 시작되었다. 벼루가 가장 먼저 로보의 등을 떠밀었다.

로보는 두려워하며 지함 교수 앞에 섰다.

"도둑이 자기 감정에 휩싸여 있으면 사물과 공간을 제대로 이해할 수가 없어요. 로보는 오늘 자기 감정으로 방을 집어삼켜 버린 거예요. 앞으로는 방에 들어가기 전에 개인적인 감정을 덜어 내도록 노력해 보세요. 아무것도 훔치지 못했으니 점수는 마이너스 1점."

오로라반 학생들이 환호성을 질렀다. 끝을 모르고 추락하던 오로라반의 점수가 순식간에 뒤집혀 2등으로 치고 올라갔다. 로보는 영웅이라도 된 듯 같은 반 아이들의 환대를 받았다. 여기저기서 로보에게 "잘했어." "정말 최고야." 하며 하이파이브를 했다. 로보의 머리를 마구 헝클어뜨리고 쓰다듬고 엉덩이를 두드렸다.

"거봐, 내가 뭐랬어. 마이너스 1점일 거라고 했잖아."

벼루가 달려와 로보를 끌어안았다. 나낙도 싱글거렸다. 실패하고 환대를 받는 게 어색하긴 했지만 그래도 다행이었다. 친구들이 로보의 몸을 툭툭 두드렸다. 그럴 때마다 몸에 딱딱한 밀랍처럼 쌓여 있던 고통이 와지끈 깨져 나갔다. 그러나 조금 더 안쪽에 있는 고통은 꼼짝하지 않았다.

"로보야, 너 설마 오늘도 그냥 가 버리려는 건 아니지? 오늘은 놀다 가자."

집에 갈 채비를 하다 벼루가 로보의 팔에 매달렸다. 한동안 로보는 수업이 끝나면 바로 집으로 가 버렸다.

"그동안 네가 인상만 쓰고 다니고 우리랑 안 놀아 줘서 무지 심심했단 말이야. 놀다 갈 거지? 이제 점수도 역전했으니 걱정 없잖아."

로보가 웃었다. 웃을 수 있을 거라 생각하지 않았지만 어색하게나마 웃어졌다.

벼루가 재빨리 나낙에게 말했다.

"나낙, 피핀한테 물어봐. 주변에 갈 만한 데가 어디 있는지."

"피핀, 피핀!"

나낙이 피핀을 불렀다. 피핀은 아직도 실습장에서 나오지 못하고 낑낑대고 있었다. 스키를 신고 지렁이 소파 사이를 통과하느라 애를 먹고 있었다. 세 아이가 피핀에게 다가갔다.

"피핀, 왜 난데없이 스키는 신고 고생이야?"

벼루가 물었다.

"히히히, 그게 다 이유가 있거든. 로보야, 넌 요즘엔 통 아룸덫에 안 오더라?"

"응, 이제 지각 안 해."

"에이, 그래서 매번 한 사람이 부족하잖아. 새로 온 애들은 너무 쉽게 잠들어서 도움이 안 돼. 그래서 내가 어제 집에 가서 곰곰이 생각을 해 봤는데 말이야, 아무래도 아룸덫에서 탈출하는

긴 어려울 것 같아. 그래서 아예 안 빠지면 어떨까 생각했어. 아
룸덫의 입구 지름보다 더 긴, 엄청나게 긴 스키를 신고 있다면
아룸덫에 안 빠지겠지? 떨어지다 걸릴 거 아냐? 그치? 어때?"

　엄마의 성화로 지금까지 한 번도 지각하지 못한 벼루는 피핀
이 부러웠다.

　"정말 멋져. 넌 만날 아룸덫에 갇히고 좋겠다."

　"피핀! 아룸덫에 그렇게 안 빠지고 싶으면 지각을 안 하면 되
잖아?"

　나낙이 말했다.

　"아니야, 아니야. 난 아룸덫이 아주 좋아. 근데 꽃 속에만 갇
혀 있으니까 다른 데도 보고 싶어서 그렇지. 스키를 타고 아룸
덫 입구에 걸쳐 서서 아룸꽃을 내려다보면 굉장할 거 같지 않
아? 너희도 보고 싶지?"

　"응, 보고 싶어."

　나낙과 벼루가 합창하듯 대답했다.

　"이 스키 타는 게 익숙해지면 더 긴 스키를 타려고."

　"그나저나 너 그거 신고 언제 실습장을 나가냐?"

　"그러게. 나도 슬슬 걱정되던 참이야. 근데 너희는 집에 안
가?"

　"아, 맞아. 그거 물어보려고. 이 주변에 어디 갈 만한 데 있
어?"

"물론 있지. 너희 역류하는 허공이라고 들어 봤어?"

"역류하는 허공?"

"본래 바다였던 곳인데 지금은 뭍이 되었거든. 그곳으로 몇 년에 한 번씩 바다가 몰래 돌아온대. 아주 슬쩍 왔다 가기 때문에 바다를 보긴 어렵지만 그 영향으로 허공은 끊임없이 역류하고 있으니까 볼 만할 거야. 그 역류하는 허공은 서쪽에 있어. 혹시 애완용 구름 갖고 있는 사람?"

"응, 나!"

벼루가 애완용 구름을 꺼내 보였다.

"우아, 아주 잘 키웠네. 난 다 실패했는데. 습도 조절을 못해서 비로 쏟아지는 통에 집이 몇 번이나 물에 잠겼는지 몰라. 잘 키워서 해 질 녘의 갈고리 구름을 만들어 보는 게 내 꿈이었는데. 엄마가 이젠 말도 못 꺼내게 해."

"엄청 신경 많이 써야 해. 애완용 구름은 애완용 불보다 훨씬 까다로워. 나는 바람이 강한 날 버섯 구름 만드는 게 꿈이야."

"넌 보기엔 뭐든 대충 할 거 같은데 은근히 세심한 구석이 있네. 근데 너도 프랙탈 기하학 공부해? 한새가 그러는데 애완용 구름을 하늘에 펼칠 만큼 키우려면 그걸 알아야 한대. 그래야 구름의 구조를 제대로 잡을 수 있대."

"나도 그런 얘기를 듣긴 했는데 그렇다고 어떻게 그런 걸 공부해? 난 안 해. 세상에는 한 가지 방식만 있는 게 아니니까. 난 다른 방식을 찾을 거야."

"어떻게 할 건데?"

"글쎄, 그거야 뭐……."

"그만!"

나낙이 참다 못해 소리쳤다.

"구름 얘기는 그만하고 역류하는 허공, 거기 어떻게 가냐고?"

"알았어. 방금 얘기하려고 했어. 애완용 구름이 있으면 쉽게
갈 수 있거든. 구름은 바다 냄새를 잘 맡으니까. 구름이 움직이
는 대로 따라가다 보면 삼십 분이면 갈 수 있을 거야. 근데 사실
거긴 애들끼리만 가면 안 되는 곳인데…… 역류하는 허공에 휘
말리면 위험하거든. 조심해야 돼. 알았지?"

"피핀, 넌 어떻게 그런 걸 다 알아?"

"우리 엄마가 『비설당이 이동하는 길』이란 책을 썼거든. 어려
서부터 엄마랑 아빠랑 비설당 따라다니면서 많이 돌아다녔어."

나낙과 로보와 벼루는 피핀과 인사를 하고 비설당을 빠져나
갔다. 그때까지도 피핀은 실습장의 지렁이 소파와 씨름을 하고
있었다.

벼루가 애완용 구름을 공중에 띄웠다. 셋은 구름을 따라 걸었
다. 구름을 꺼냈기 때문에 나낙의 애완용 불은 꺼낼 수 없었다.
하지만 달이 밝아 괜찮았다. 마이너스 1점에 대한 여흥은 좀처
럼 가시지 않았다. 벼루와 나낙은 누가 무슨 말만 해도 데굴거

리며 웃었다. 로보도 한결 마음이 편해졌다.

"여기 처음 왔을 땐 아무것도 모르고 왔는데."

문득 로보가 회상에 젖어 말했다.

"맞아, 네가 이것저것 물어보는데 얼마나 황당하던지. 하도 황당해서 난 네가 정말로 몰라서 묻는 거라고는 꿈에도 생각 못 했잖아."

나낙이 숨도 쉬지 않고 빠르게 말했다.

"내가 도둑이란 걸 알고 있긴 했는데 그렇다고 정말로 도둑 세계에까지 오게 될 줄은 몰랐어."

"처음에 전차 어디서 탔어? 공중 나는 거 신기했지?"

벼루가 귀가 간지러운지 귓불을 만지작거리며 말했다.

"전차? 전차는 그때 비설당 앞에서 너희들이랑 같이 탔잖아. 전차는 지금도 탈 때마다 신기해. 매일 밤 우리 집 베란다에 내려 주는데 거기서……."

벼루가 귓불을 만지던 동작을 멈추었다. 순간 주변의 공기가 펙틴을 넣은 것처럼 굳어졌다.

"전차를 비설당 앞에서 우리랑 같이 처음 탔다고?"

"응."

벼루의 목소리가 성마르게 변했다. 조금 뒤쳐져 걷던 나낙의 미간에도 알 수 없는 걱정을 품은 주름이 떠올랐다.

"그럼 너 도둑 세계에 전차 타고 온 거 아니었어?"

벼루가 한 음절, 한 음절 혹시 잘못 발음되는 건 없나 신중을 기하며 뚝뚝 끊어지게 말했다.

"응, 아닌데."

"난 북문 앞에서 전차가 지나간 다음에 널 처음 봐서 당연히 네가 전차를 타고 온 줄 알았는데. 지상 세계와 도둑 세계를 오갈 수 있는 건 전차밖에 없어. 물론 진짜 도둑이 되면 나름대로 통로를 만들 수 있지만 그 전에는 그럴 수 없어. 더구나 우리 같은 애들은⋯⋯."

나낙의 말투가 방어적이었다.

"아니야, 난 어떤 도둑을 따라서 상가 건물 옥상에서 암호를 외우고 여기 들어왔어. 지금까지 매번 그런 식으로 도둑 세계에 왔는데⋯⋯."

로보는 나낙의 얼굴 근육이 미세하게 떨리며 하나하나 굳어가는 걸 보았다. 무기력한 기분이 들었다.

나낙이 다급하게 물었다.

"어떤 도둑?"

"응."

"자세히 얘기해 봐."

로보는 도둑을 처음 봤을 때부터 어떻게 그를 따라 이곳에 오게 되었는지를 상세히 설명했다. 중간에 얘기를 빼먹었다 싶으면 다시 그 지점으로 돌아가 설명했다. 가능한 한 하나도 빠뜨리지 않으려고 애를 썼다.

"얼굴은 딱 한 번 봤는데 새까만 피부에 입술이 민첩할 정도
로 얇고……."

"얼굴이 까맸다고?"

"응, 아름답다는 기분이 들 정도였어. 어떤 일에도 절대로 불
평을 늘어놓지 않을 것 같은 검은빛이……."

"그렇다면 그는 도둑 세계 사람이 아니야."

벼루가 무시무시하게 불어나는 물줄기를 바라보고 있는 것처
럼 말했다. 로보도 순간 도둑 세계의 사람들은 하나같이 창백할
정도로 하얀 피부를 가졌다는 게 생각났다.

"우린 아주 오랫동안 낮에는 바깥에 나가지 않았으니까."

어느덧 세 아이는 멈춰 서 있었다. 어쩔 줄 몰라 하며 서로를
바라보았다. 벼루가 저만치 혼자 앞서 가던 구름을 끌어왔다.
나낙과 벼루가 구름 위에 올라앉았다. 그러나 로보는 구름 위에
앉는 게 어색해 그냥 서 있었다.

"왜 그래? 뭐가…… 잘못된 거야?"

로보가 불안하게 물었다.

"잘 모르겠어. 네가 따라왔다는 도둑이 아마도 몇 년 전에 비
설당에서 퇴출되었다는 그 도둑인 것 같아."

"하지만 퇴출당하면 두 세계를 오갈 수 없다며?"

"그러니까 그게 이상하다는 거야."

"참, 아직 말하지 않은 게 있는데……."

"뭔데?"

벼루의 눈동자가 흔들렸다.

"입학시험이 있던 날 비설당 앞에서 그가 나한테 움직이지 말라고 말했었어."

"그가 너한테 알려 준 거야."

벼루가 소리를 질렀다.

"그가 의도적으로 널 여기 데려온 거야."

"아니야, 그를 따라온 건 순전히 내 의지였어."

로보도 덩달아 소리를 질렀다.

"물론 네가 그를 보고 따라나선 것까지는 우연이고 네 의지일 수 있어. 하지만 네가 그를 놓치지 않고 끝까지 따라올 수 있었다면 그건 그의 의도야. 넌 정말 네 실력만으로 비설당 도둑을 따라잡을 수 있을 거라고 생각해?"

로보는 비설당에서 보았던 선배들을 떠올렸다. 불과 일 년 차이인데도 신입생과는 비교도 되지 않을 만큼 빠르고 교묘했다. 그들은 평범한 구조물과 사소한 도구들만 가지고도 감쪽같이 자신을 숨겼다. 눈을 떼지 않고 보고 있는 동안에도 어디로 갔는지 알 수 없었다. 마치 보고 있는 사람의 뇌를 잠깐 꺼 버린 것처럼 사라졌다.

"그가 나를 데려왔다고? 하지만 왜?"

"그건 모르지."

벼루가 의미심장하게 말했다.

"널 이용해 뭔가를 꾸미려는 게 아닐까?"

"하지만 난 그날 이후로는 그를 본 적도 없는데?"

한동안 잠자코 있던 나낙이 입을 열었다.

"그런데 이상하지 않아?"

"뭐가?"

"벼루 네 말이 전부 맞다고 해. 근데 우판 교수님을 속이는 게 가능할까? 로보가 이곳에 오는데 그 도둑이 관여했다는 걸 우판 교수님이 모르실 리가 없잖아. 그런데 우판 교수님은 그동안 아무런 제재도 취하지 않으셨어."

벼루가 갑자기 무릎을 치며 말했다.

"아! 생각났다. 우리 그날 입학식 못 했잖아. 불가피한 사정이 생겨서 취소됐다면서. 내가 자다 깨니까 나낙 네가 말해 줬잖아. 입학식 취소, 그 도둑 때문이 아닐까?"

"정말! 듣고 보니 그러네."

벼루가 로보를 보며 말했다.

"로보야, 넌 어쩌면 대단한 스캔들의 중심에 서 있는지도 몰라."

로보의 마음이 졸아들었다.

"지금으로선 아무것도 알 수 없지만 로보야, 조심해야 할 것 같아."

나낙도 걱정스레 말했다.

"아, 흥분했더니 배고프다. 역류하는 허공까지는 못가겠어."

벼루가 애완용 구름에서 풀썩 내려왔다.

"나도."

나낙도 같은 생각이었다.

로보가 가방에서 감자칩을 꺼냈다. 학교 식당에서 급식을 먹을 용기가 나지 않아 요즘 로보는 과자나 빵을 챙겨 다녔다. 나낙과 벼루가 그걸 보고 동시에 "먹을래, 먹을래." 하고 덤벼들었다. 셋은 감자칩을 와삭와삭 깨물어 먹었다.

절반쯤 먹었을 때 나낙이 감자칩 하나를 손에 들었다.

"자, 돌발 퀴~즈, 감자칩의 최다 구성 성분은 무엇일까요?"

"공기."

로보가 감자칩을 우물우물 씹으며 재빨리 답했다.

"정답입니다. 그럼 감자칩에서 공기는 몇 퍼센트를 차지하고 있을까요? 맞추시는 분에게 이 감자칩을 다섯 개 드리겠습니다."

나낙이 봉지를 획 낚아챘다. 관심 없이 먹는 데만 열중하던 벼루가 마지못해 대답했다.

"88퍼센트?"

"땡. 그건 우유에 들어 있는 물의 양이랍니다."

"80퍼센트!"

"딩동댕. 로보 양, 물리 수업을 열심히 들으셨군요. 여기 상품입니다."

나낙이 로보에게 감자칩 봉지를 통째로 주었다.

"정말 놀라워. 이렇게 바삭하고 맛있는 것의 80퍼센트가 공기라니."

로보가 말했다.

"그러게, 겉보기에는 그런 것 같지 않은데."

"아, 벌써 다 먹었네. 우리 주위에 있는 공기도 전부 감자칩으로 만들어 버리면 좋겠다."

벼루가 입가에 과자 부스러기를 묻힌 채 말했다.

"으윽, 생각만 해도 싫어. 그럼 움직일 때마다 옷이랑 머리에 부스러기가 떨어질 거 아냐. 으으윽, 끈끈하고 지저분해."

나낙이 얼굴을 찡그렸다. 로보와 벼루가 웃었다. 그러나 웃고 있으면서도 그들의 마음속에는 폭풍우가 몰아닥칠 것 같은 불안이 일었다.

살짝 떠밀리도록 부는 바람

일요일 아침에 로보는 자전거를 타고 이모네 집에 갔다. 심부름 때문은 아니었다. 그냥 방에 누워 있으려니 학교에서 있었던 이런저런 괴로운 일들만 떠올랐다. 답답한 마음에 어디든 가고 싶어 집을 나왔는데 막상 갈 곳이 없었다. 생각나는 곳이 이모네 집밖에 없었다.

예순에 가까운 이모는 숱이 많은 짧은 머리에 풍채가 대단히 좋았다. 뒤에서 보면 영락없이 건장한 남자로 보였다. 그래서 요즘도 길거리나 슈퍼에서 아저씨라는 소리를 들었다.

자전거 길에는 어느덧 단풍이 들어 있었다. 야성적인 샛빨강, 깨끗하고 원색적인 햇빛 노랑, 두터운 갈색이 나무마다 꿈처럼 깃들어 있었다. 눈길이 닿는 곳마다 시원한 달콤함이 느껴졌다.

로보가 이모네 집에 도착했을 때 이모는 덱체어에 앉아 있었다. 심하게 낡아 더러운 짐승처럼 보이는 담요를 덮고 있었다. 이모는 의자 하나에 너무 많은 걸 내맡기고 있었다. 막상 이모를 보자 로보는 조바심이 났다. 그냥 돌아가고 싶기도 했다. 하지만 자전거를 끌고 열려 있는 철 대문을 지나 이모에게 갔다.

정원에는 껍질이 울퉁불퉁한 나무가 건조하게 서 있었다. 계절을 모르는지 정원에 있는 식물들은 하나같이 먼지 낀 초록색을 벗지 않고 있었다.

"이모."

굴피나무 껍질처럼 거친 이모의 손을 흔들었다. 이모는 잠들어 있었다. 이모는 색이 바래 다른 피부와 구별되지 않는 입술을 오물거렸다. 그녀는 심연에 존재하는 유년에 도달하려는 듯 좀처럼 깨지 않았다. 로보는 대문을 잠그고 이모 곁에 와 앉았다. 이모의 바지 주머니에서 포크 하나가 삐죽 갈퀴를 내밀고 있었다. 아마 사과 같은 걸 먹고 그냥 주머니에 집어넣은 모양이었다. 이끼에 으스스하게 뒤덮인 담장이 집을 감싸고 있었다. 이모 옆에 있으면 가끔 인디언의 자장가가 들리는 것 같았다. 로보가 어렸을 때 이모는 나바호족의 자장가를 불러 주곤 했다. 갈라진 탁한 목소리 속에서 로보는 편안했었다.

이모가 천천히 눈을 떴다. 갈색과 회색이 섞인 눈동자는 흐릿

했지만 바라보기 좋을 정도로 몽상적이었다.

"누구냐?"

숨이 부족한 목소리로 이모가 물었다.

"로보예요."

"뭘 가져왔어?"

"아니요, 아무것도요."

"그래, 잘했다. 네 엄마가 보낸 게 아니란 말이지?"

"네."

"그런 얘길 들으니 기분이 좋구나. 요즘엔 어찌나 잠이 쏟아지는지 폭포 아래 서 있는 것 같구나. 점심은 먹었니?"

"아직 열 시밖에 안 됐는데요?"

"그래? 잘됐구나. 들어가자."

이모는 화가였다. 평생 운동을 해 본 적도 결혼을 한 적도 부자가 되어 본 적도 없었다. 이모는 아무 데서나 이불을 둘둘 말고 잠을 잤다. 잠에서 깨면 그림을 그렸다. 낡은 가전제품 몇 가지 외에는 화구가 가진 것의 전부였다. 거실에는 빈 캔버스와 젖은 물감, 페인트 통, 붓, 종이 쪼가리 같은 게 어지럽게 널려 있었다. 로보의 방에는 로보가 직접 찍은 이모의 작업실 사진이 벽에 붙어 있었다. 사진에서 이모는 커다란 캔버스 앞에 쭈그려 앉아 있었다. 뒷모습뿐이지만 로보는 언제나 그 사진을 바라보았다.

"넌 그간 얼굴이 안됐구나. 어디 아팠니?"

"아니요. 시달리는 일이 좀 있어서요."

"그래? 그럼 이걸 마시거라."

이모가 식탁 겸 작업 테이블로 쓰고 있는 탁자에서 김빠진 콜라를 집어 주었다.

"콜라를 마시라고요?"

"그래, 여긴 마실 게 그것뿐이니 말이다. 몸에 안 좋은 게 잔뜩 들어가 있다 해도 여기서는 그게 약이란다."

로보가 벌컥벌컥 콜라를 마셨다. 시든 잎사귀처럼 축축 늘어진 탄소 맛이 제법 마음에 들었다.

"이모, 무슨 일인지 안 물어봐요?"

"물으면 말할래?"

"아니요."

"말로 너무 애쓰지 마라. 말은 그냥 말일 뿐이란다."

로보는 울컥 눈물이 고였다.

"이모?"

"응?"

이모는 그새 붓을 들고 캔버스 앞에 앉아 있었다. 로보는 무슨 말이 하고 싶기도 했고 하고 싶지 않기도 했다.

"……어깨 아프지 않아요?"

"아파."

"주물러 드릴까요?"

"이따가."

로보는 이모가 색채 속으로 집중해 들어가는 걸 잠시 바라보다 방으로 들어갔다. 이모의 방에선 바짝 마른 개울가의 돌 같은 냄새가 났다. 로보는 이모가 일어난 자국 그대로 뭉쳐져 있는 이불 속으로 파고 들어가 잠깐 울었다. 잠시 뒤 이모가 방으로 들어왔다.

"아무래도 오늘은 날씨가 좋구나. 로보야, 바다에 갈래?"

"바다요?"

"그래."

"좋아요."

로보는 벌떡 일어났다. 이모가 작업복을 갈아입고 나왔다.

로보는 거칠고 큰 이모 손을 잡았다. 시멘트가 깔린 길을 걸어 지하철을 탔다. 지하철이 닿는 바다에 갈 생각이었다. 출발한 지 두 시간이 훌쩍 지났다. 그러나 바다에는 절반도 채 가지 못했다. 지하철엔 사람이 많았다. 이모는 노약자석에 앉아 있었지만 그래도 몹시 지쳐 버렸다. 이모의 다리가 뻣뻣하게 굳어 갔다. 로보는 키가 작아 손잡이를 잡지도 못하고 사람들 틈에 끼여 휘청거렸다.

"이모, 우리 그만 돌아가요."

로보가 자기 앞에 서 있는 아저씨의 옆구리 사이로 간신히 이모와 눈을 맞추고 말했다.

"그래, 그러자."

로보와 이모는 사람들 틈을 비집고 지하철에서 내려 반대 방향으로 가는 지하철을 탔다. 붐비기는 이번 열차도 마찬가지였다. 그래도 집에 가까워지자 한산해졌다. 지하철에서 내려 로보가 잡은 이모의 손은 땀범벅이 되어 있었다. 이모의 몸에서 단내가 났다. 로보는 이모가 커다란 덩치만큼 허약하다고 느꼈다. 그래도 뒤에서 바람이 불어오자 이모는 기분이 좋은 듯 아주 단순하게 얼굴을 폈다.

"이모, 파도에는 뭐가 쓸려 와요?"

로보가 물었다.

"누군가 버린 것들, 죽은 것들, 약한 것들."

"쓸모 있는 건 하나도 없나요?"

"아니지. 전부 쓸모 있는 것들이지. 내 친구 중에는 바닷가에서 전복 껍질을 주워 자개 공예를 하는 애가 있어. 죽은 껍질이 아니라면 그 애가 뭐로 자기 세계를 만들겠니?"

"거기에 저한테 쓸모 있는 것도 있을까요?"

"암, 있지."

둘은 케첩을 듬뿍 뿌린 핫도그를 사 먹었다. 집에 도착했을 때 이모가 말했다.

"다음에는 산에 가자꾸나."

"오늘처럼요?"

"그래."

"이모, 이런 식으로라면 달에도 갈 수 있겠어요."

"그거 좋은 생각이군. 그럼 다음에는 달에도 가자."

"명왕성에도?"

"그래, 갈 마음만 있다면야."

이모가 웃었다.

로보는 저녁때까지 이모네 집에 머물다 돌아왔다. 점심으론 핫도그 하나가 전부였고 이른 저녁으로는 라면을 끓여 먹었다. 이모는 요리 솜씨가 형편없었기 때문에 라면은 로보가 끓였다. 집으로 돌아오며 로보는 이모가 길 고양이만큼 가난하다고 생각했다.

아파트 단지 안에서는 교회에서 주최하는 바자회가 열리고 있었다. 로보는 자전거 주차장에 자전거를 넣으러 가는 길에 엄마를 보았다. 곧 경품 추첨을 할 예정이어서 사람들이 몰려 있었다. 무슨 모임에 다녀왔는지 엄마는 몸에 꼭 맞는 정장을 차려입은 채 경품 용지에 주소를 써넣고 있었다. 엉덩이에 꼭 끼는 스커트 때문에 불편했지만 아랑곳하지 않았다.

"로보야!"

로보는 못 본 척 지나가려 했지만 엄마가 불렀다.

"이리 와."

로보가 천천히 자전거를 끌고 갔다. 엄마는 어디서 얻었는지 한 움큼이나 되는 경품 용지를 들고 있었다.

"너도 여기에 네 이름, 언니 이름 골고루 써넣어."

"엄마, 나 볼펜 없는데."

"넌 무슨 학생이 그런 것도 안 가지고 다니니?"

로보는 지금 자기 가방에 뭐가 들어 있는지 엄마가 알면 기절 초풍할 거라고 생각했다. 엄마는 옆 테이블을 두리번거려 눈 먼 볼펜을 집어다 주었다. 로보는 자전거 안장에 종이를 대고 박로보, 박보보를 번갈아 써넣었다. 그러다 문득 엄마에게 물었다.

"엄마, 내 이름이 왜 로보야?"

"어? 뭐라고?"

엄마는 글씨를 휘갈겨 이름을 써넣느라 고개도 들지 않았다.

"내 이름, 왜 로보로 지었냐고?"

"어, 그건, 아…… 비읍 다음이 리을이잖아. 네가 보보 동생 이니까 로보지. 다 썼어?"

"응."

엄마는 로보 손에서 경품 용지를 낚아채 마감되기 직전에 추첨 박스에 쑤셔 넣었다.

"엄마, 나 올라갈게."

"곧 추첨 시작인데 안 보고 갈래?"

"먼저 갈게."

"어, 그래 그럼."

엄마는 사람들 틈에서 추첨 박스를 쳐다보느라 로보를 돌아볼 새도 없이 대답했다.

로보는 자전거를 주차장에 세우고 자물쇠로 잠갔다. 아파트 건물 안은 조용했다. 세 대의 엘리베이터가 모두 1층에 얌전히 서 있었다. 로보는 짝수 층만 가는 엘리베이터를 탔다.

'리을은 비읍 앞에 앞에 있는데⋯⋯.'

로보는 엄마가 아무렇게나 대답한 것이란 걸 알았다. 하지만 농담으로라도 보보 동생이어서 소보가 되는 것보다는 로보인 것이 낫다고 생각했다.

무엇이 더
무서운가

아침에 등교하면 로보의 자리에는 욕설이 담긴 편지가 놓여 있었다. 책상 서랍에는 유리 조각과 눈을 파 버린 인형, 가짜 쥐 꼬리 같은 게 들어 있었다. 그래도 로보는 전처럼 비명을 지르거나 울지 않았다. 대신 이를 악물고 그것들을 치웠다. 로보는 며칠 전부터 가방에 비닐봉지, 휴지, 물티슈, 수건, 비닐장갑을 넣어 가지고 다녔다.

로보는 책상 위의 편지들을 비닐봉지에 쓸어 담았다. 가짜 쥐 꼬리를 만질 때는 소름이 끼쳤지만 내색하지 않았다.

"어머, 너 청소하니? 근데 진짜 쓰레기는 안 치우고 그런 것만 치워서 청소가 되겠어?"

로보 뒤에서 둥근 단발머리 세 명이 웃어 댔다. 그 애들은 메두사의 머리카락처럼 서로 붙어서만 위력을 발휘할 뿐이면서 쉴 새 없이 지껄여 댔다. 예전 같으면 한 마디만 들어도 같이 쏘아붙이고 싸웠겠지만 이젠 그러지 않았다.

"쟨 정말 청소부인가 봐. 저것 봐, 별걸 다 가지고 다녀."

"맞아, 쟤 창고 같은 방에 산다잖아. 쓰레기 같은 물건이 잔뜩 쌓여서 얼마나 비좁은지 앉아 있을 자리도 없다잖아."

"야, 박로보! 너 언니한테 자꾸 이상한 짓 해서 집에서도 왕따지? 너희 부모님이 널 낳은 게 얼마나 부끄러우시겠니?"

로보는 자리를 정돈하고 쓰레기를 버리고 왔다. 그랬더니 이번에는 가방 주머니와 필통에 모래가 들어 있었다. 그걸 보니 웃음이 났다. 잠깐 자리를 비운 새에 정신없이 모래를 퍼다 넣었을 노력이 가상할 지경이었다. 로보는 가방을 들고 나가 물건들을 꺼내고 탈탈 털었다.

로보가 교실로 돌아왔을 때 담임은 조회 시간에 늦었다고 화를 냈다. 로보 말고도 늦은 애들이 몇 명 더 있었다. 담임은 애들에게 꼴통이라고 욕을 하며 출석부 모서리로 이마를 때렸다. 그러나 로보 앞에서는 멍해졌다. 차마 모른다고 할 수는 없지만 얘가 누구인지 정말 모르겠다는 기분이었다. 담임은 졸린 사람처럼 눈을 반쯤 감고 로보에게 그냥 들어가라는 손짓을 해 보였다. 애들은 담임이 로보만 편애한다고 못마땅하게 여겼다.

로보의 교과서가 낙서로 더러워졌다. 교과서 표지마다 변태, 미친년, 더러운 괴물 따위의 글자가 휘갈겨져 있었다. 그래도 다른 페이지는 깨끗했다. 하지만 아무리 책장을 넘겨도 로보는 그 말들이 보였다. 도둑 세계의 책처럼 그 페이지는 넘겨지지 않았다. 화장실에서 물세례를 당한 뒤 로보는 쉬는 시간에는 화장실에 가지 않았다. 참고 있다가 수업 종이 울리면 부리나케 뛰었다. 애들과 마주치는 것보다는 수업에 늦는 게 나았다. 어차피 선생들은 로보를 혼내지 않았다. 그럴수록 애들은 더욱 그녀를 미워했다.

때때로 설우와 눈이 마주쳤다. 설우는 모른 척했다. 한 번씩은 설우도 무리에 섞여 놀림당하는 로보를 보고 생각 없이 웃었다. 로보가 복도를 지나갈 때면 설우는 로보를 가리키며 희정에게 무슨 말을 속삭였다. 희정이 웃었다. 로보만 빼고 모두가 웃고 있었다. 그래도 로보는 참았다. '만일 화산탄이 날아오면 절대로 눈을 떼거나 쪼그려 앉거나 돌아서거나 도망치면 안 돼. ……자신을 향해 날아오면 비켜서는 거야.' 언젠가 나낙이 했던 말을 주문처럼 되뇌었다.

로보가 반응이 없자 애들도 흥미가 덜해졌다. 물건을 망가뜨리거나 책상 속에 이상한 것을 넣어 두는 일이 차츰 줄어들었다. 그래도 하기 쉬운 욕설은 좀처럼 수그러들지 않았다.

로보는 전에 비해 말랐지만 비설당의 체조 수업으로 몸은 어느 때보다 단단하고 활력에 차 있었다. 팔이나 허벅지를 만져 보면 힘이 느껴졌다. 그런데 비설당 수업을 이틀이나 빠지고 있었다. 가고 싶었지만 막상 집에 오면 몸이 말을 듣지 않았다. 그 튼튼한 팔다리가 굳어 버린 것처럼 움직이지 않았다. 그녀는 이제 혼자 방에 있을 때에도 애들의 잔인한 눈초리를 느끼고 욕설을 들을 수 있었다. 그 애들에게 '너희 그렇게 애쓸 거 없어. 이제 나 혼자서도 할 수 있거든.' 하고 말해 주고 싶을 정도였다.

로보는 나낙과 벼루에게 비설당에 못 간다는 문자를 보내고 가만히 누워 있었다. 아무 생각도 하지 않았다. 주르륵 눈물이 흘렀다. 자고 일어나면 베개가 젖어 있었다. 거실에서 아빠 옆에 앉아 텔레비전을 보다가도 난데없이 눈물이 흘렀다. 엄마와 저녁을 먹다가도 그랬다.

로보는 화장실로 뛰어갔다. 화장실에 보보가 있었다. 보보는 거실 쪽 화장실은 거의 쓰지 않았다. 보보 방에는 화장실이 딸려 있었다. 보보가 거울을 통해 로보를 힐끗 보았다.

"왜?"

로보는 말이 나오지 않았다. 언니에게 모든 것을 털어놓고 싶었다. 그러나 눈물만 흘렀다.

"화장실 쓰려고?"

로보는 언니에게 눈물을 들킨 게 부끄러웠지만 한편 언니가 알아주길 바랐다.

"뭐야? 들어오려면 들어오고 아니면 나가."

언니가 눈물을 보지 못했을 리 없었다. 그러나 반응하지 않았다. 둔하기 때문이 아니라 관심이 없기 때문에, 익숙할 뿐 사랑하지 않아서 그랬다. 로보는 언니 앞에서는 눈물을 숨기거나 닦을 필요조차 없다는 걸 이제야 깨달았다.

이틀 뒤 학교에서 생각지도 못한 일이 벌어졌다. 로보네 반에서 여섯 명의 신종플루 확진 환자가 발생했다. 학교 측은 황급히 로보네 반을 쉬게 했다. 신종플루에 걸린 학생들에겐 잠정적인 등교 중지 조치가 취해졌다. 단 하루뿐이지만 로보는 학교에 가지 않는 시간이 꿈만 같았다.

다음 날 로보는 무거운 마음으로 등교했다. 한 반에서 여섯 명이나 신종플루에 감염된 게 충격이었는지 교실 분위기는 조심스러웠다. 로보에게 시비를 거는 애도 없었다.

다음 수업은 과학이었다. 로보는 표지를 찢어 낸 교과서를 챙겼다. 설우가 다가왔다.

"과학실 같이 갈래?"

로보는 필통을 꺼내다 말고 놀라서 바라보았다.

"어?"

"같이 가자."

설우가 로보와 함께 교실을 나섰다. 설우와 같이 다니던 애들은 전부 신종플루에 걸려 학교에 나오지 못했다. 그렇다 해도 로보는 설우의 행동이 이해되지 않았다. 설우를 보고 몇몇 애들이 수군거렸다. 다른 애들과 거리가 생기자 로보가 걸음을 멈췄다.

"갑자기 왜 그래? 나한테 친하게 굴면 너도 따돌림당할 텐데."

"괜찮아. 어차피 지금은 친구도 없는데 뭐."

"그래도 다른 애들이랑 같이 다니면 되잖아."

"솔직히 말해도 돼?"

"뭘?"

"넌 이미 신종플루에 걸렸었잖아. 어차피 별로 친하지도 않으면서 괜히 다른 애들이랑 다니다가 옮느니 너랑 다니는 게 안전할 것 같아서."

로보는 기가 막혔다.

"사실 그동안 너한테 미안하기도 했고. 우리 같이 놀던 애 중에 희정이 있잖아. 걔가 해빈이랑 또 되게 친하잖아. 사실 희정이도 중학교 들어오자마자 보보 언니 엄청 좋아했거든. 그러니까 둘이 짝짜꿍이 맞아서 널 헐뜯은 거야. 나도 하도 희정이가 길길이 날뛰는 통에 너한테 말을 걸 수가 없었어. 나 희정이랑 유치원 때부터 친구거든."

로보는 설우가 낀 팔짱을 뺐다.

"혼자 갈게."

로보는 당황한 설우를 두고 빠르게 그곳을 벗어났다.

다음 날 로보는 너무 간단히 일어나 버린 변화에 어안이 벙벙했다. 애들에게 로보는 추악한 스캔들의 주인공에서 이미 신종플루에 걸렸던 안전지대라는 새로운 타이틀로 인식되기 시작했다. 그동안 로보를 집요하게 괴롭히던 소문도 수그러들었다. 소문의 진원지였던 해빈과 희정이 신종플루에 걸려 학교에 나오지 못하는 것이 큰 몫을 했다.

그날 로보는 비설당 수업이 끝난 뒤 나낙과 벼루에게 그동안 학교에서 있었던 일을 털어놓았다. 벼루는 얘기를 듣는 도중에 울었고 나낙은 파랗게 질렸다. 얘기를 다하고 나서 로보는 눈물을 닦았다. 집에 돌아오니 조금 전에 헤어진 나낙에게서 컬러메일이 와 있었다.

오감도(烏瞰圖) ―이상

시제1호

13인의아해가도로로질주하오.

(길은막다른골목이적당하오.)

제1의아해가무섭다고그리오.

제2의아해도무섭다고그리오.

제3의아해도무섭다고그리오.

제4의아해도무섭다고그리오.

제5의아해도무섭다고그리오.

제6의아해도무섭다고그리오.

제7의아해도무섭다고그리오.

제8의아해도무섭다고그리오.

제9의아해도무섭다고그리오.

제10의아해도무섭다고그리오.

제11의아해가무섭다고그리오.

제12의아해도무섭다고그리오.

제13의아해도무섭다고그리오.

13인의아해는무서운아해와무서워하는아해와그렇게뿐이모였소.(다른사
정은없는것이차라리나았소)

그중에1인의아해가무서운아해라도좋소.

그중에2인의아해가무서운아해라도좋소.

그중에2인의아해가무서워하는아해라도좋소.

그중에1인의아해가무서워하는아해라도좋소.

(길은뚫린골목이라도적당하오.)

13인의아해가도로로질주하지아니하여도좋소.

　로보는 처음 보는 시를 읽고 또 읽었다. 시를 읽다 보니 해빈, 희정, 설우 등 반 애들의 얼굴이 지나갔다. 무서운 아해와 무서워하는 아해 그렇게뿐이 모여 있는 것이다. 애들의 욕설과 괴롭힘이 떠오르면 몸이 부르르 떨렸지만 그 애들이 제1의 아해, 제2의 아해, 제3의 아해로 그리고 자신 역시 제4의 아해로 생각될 때면 그들도 자신도 안쓰럽게 여겨졌다. 로보는 언젠가는 오늘의 고통에서 벗어날 수 있을 거라고 생각했다.

수후라고 불리는 도둑

　냉장고에서 언 고기를 꺼내 놓은 것처럼 로보의 마음은 신선하지는 않지만 서서히 녹아 갔다. 적어도 겉으로 보기에는 정상적인 생활을 하고 있었다.

　로보는 열심히 뛰어 비상 통로를 지났다. 2층에서 3층으로, 3층에서 5층으로 갔다. 아파트 공사는 무슨 사정인지 중단되어 있었다. 마지막 건물 옥상의 문을 열려다 로보는 멈칫했다. 전에는 느끼지 못했던 도발적인 느낌을 받았다. 불쾌하면서도 마음이 끌리는, 도무지 어디에서 오는지 알 수 없는 느낌이었다. 로보는 문을 열었다.

　로보를 처음 도둑 세계로 이끈 도둑이 눈앞에 서 있었다. 그는 문 앞에 바싹 붙어 서 있었다. 습관적으로 몸을 들이밀었다면 그의 가슴에 얼굴이 부딪쳤을 것이다. 로보는 그와의 충돌을 간신히 피했다. 예전에 겨우 한 번 봤을 뿐인데도 로보는 그의 얼굴을 생생히 기억하고 있었다.

"기분 좋은 장소지."

그는 로보가 들어올 수 있게 비켜섰다.

"높다는 것만으로도 인간은 기분이 좋아져."

그의 입술이 마술적으로 움직였다. 로보는 그를 경계해야 한다는 걸 알았지만 어쩐지 마음이 들떠 버렸다.

"세상이 한눈에 내려다보여. 마치 모든 걸 보고 있다는 착각이 들어. 왜 이런 장소에서 기분이 좋아지는지 알아?"

로보는 대답하고 싶었다. 풋내기처럼 보이고 싶지 않았다. 그가 생각하고 있을 답을 자기 입으로 말하고 싶었다. 하지만 머릿속에선 어느새 부피 큰 꽃잎이 기분 좋게 펄럭이고 있었다. 생각 같은 걸 할 자리가 없었다. 로보는 고개를 가로저었다.

"소유하려 들기 때문이야. 감탄해, 좋다고 말해. 사람들은 그런 식으로 그게 좋은 것이라는 근거를 쌓아. 그러다 보면 정말 좋은 게 돼. 좋다는 감정을 매개로 높이와 풍경을 매매 가능한 물질로 만들어 버리는 거야. 그러고는 이렇게 생각하지. '좋은 거니까 내가 가져야지.' 좋아하기만 하면 결국은 소유하게 된다는 걸 인간은 잘 알고 있지."

그가 천천히 걸어 문 옆의 벽에 기대섰다.

"비설당은 어때? 다닐 만해?"

로보는 대답을 하려다 그의 호칭을 어떻게 해야 좋을지 몰라 말문이 막혔다. 당신이라고 하기에는 이상했고 너라고 할 수도 없었고 오빠라는 말은 더더욱 어울리지 않았다. 로보는 한 문장을 두고 경우의 수를 생각하다 호칭 없이 말했다.

"일부러 날 비설당에 들어가게 한 건가요?"

"일부러? 그걸 원한 건 너 아니었나?"

"그, 그건 그렇지만⋯⋯. 하지만 그쪽이 뭔가 의도를 갖고 있다면 얘기가 다르죠."

"그쪽이라⋯⋯, 그런 말보다는 이름을 부르는 편이 좋겠어. 수후라고 불러."

수후가 긴 손가락을 펴서 머리칼을 넘겼다. 로보는 유심히 보고 있었다. 그에게서 도무지 눈을 뗄 수가 없었다.

"넌 지금 괜한 방향을 향해 날을 세우고 있어."

수후가 예민하게 웃었다.

"내가 뭔가 의도를 갖고 널 이용할까 봐 겁이 나니?"

그가 로보의 눈을 똑바로 들여다보았다. 로보는 비로소 그가 두려워졌다. 그는 도둑이었다. 그것도 비설당에서 퇴출된 도둑이었다. 그에게는 뭔가 치명적인 문제가 있을 것이다. 말랑말랑한 기분에 싸여 그를 호락호락하게 상대한 자신이 어리석게 느

꺼졌다.

"금방 겁먹은 것 좀 봐."

그의 얼굴이 잔인하게 변했다.

"날 무서워하는 거니? 왜?"

살갗을 파고드는 은근한 목소리였다. 로보는 생각해 보려고 했다. 그의 목소리에는 이런 상황에서도 질문에 대해 생각해 보게 만드는 묘한 설득력이 있었다.

"당신은 비설당에서 퇴출된 사람이죠?"

"수후라고 불러. 그편이 나아. 이름이란 게 본질적인 건 아니야. 그래도 최소한 각자 자신에게는 알맞아. 네가 날 그쪽이라든가 당신이라고 하는 것보다 이름을 부르는 편이 나아."

그가 진지하게 말했기 때문에 로보는 불편했다.

"참, 질문에 아직 답을 안 했네. 맞아, 난 비설당에서 퇴출됐어. 나에 대해 그 정도까지 알고 있다니 얘기가 더 쉽겠어."

핏기 없는 그의 입술에 교활한 미소가 스쳤다.

"무슨 말이에요?"

"그런 건 더 편한 자리가 생긴다면 그때 얘기하기로 하지. 조만간 우리에게 편한 자리가 있겠지. 그만 비설당에 가야 하지 않아? 더 지체하다가는 늦겠는걸."

그가 로보에게 가라는 눈짓을 했다. 로보는 저항할 수 없었다. 뛸 기분이 나지 않아 터덜터덜 난간 쪽으로 걸었다. 등 뒤에서 그가 뭘 하고 있을지 궁금했다. 혹시 문소리가 들리지는 않나 신경이 곤두섰다. 난간에 거의 다다라 더는 참지 못하고 돌아보았다. 순간 로보는 그대로 서 있는 도둑에게서 보보를 보았다. 꽤 먼 거리였는데도 보보 특유의 휘황찬란한 느낌이 또렷이 전해졌다. 그러나 정신을 차리고 다시 보니 그곳엔 수후가 있을 뿐이었다.

'체구도 머리카락 길이도 나이도 심지어 성별까지 다른 사람을 언니로 착각하다니, 내가 미쳤어.'

로보는 난간을 향해 달렸다. 닿는 찰나, 두려운 기분이 들고 마는 도둑 세계로 가는 입구였다.

"로보야, 박로보!"

엄마다. 일요일 아침부터 엄마다. 로보는 이불 속으로 더 바싹 기어 들어갔다. 뱃살이 두둑한 엄마가 로보의 방문을 열고 거인처럼 굳건히 버티고 섰다.

"오늘 청소해 놔."

"왜?"

"엄마는 나가 봐야 돼. 구석구석 깨끗이 해. 저녁에 중요한 손님이 올 거야. 엄마도 네 시까지는 집에 올 거고. 그리고 미고에가서 티라미수 하나만 사다 놔. 갔다 와서 용돈 줄게."

로보는 엄마가 준다는 용돈만 다 받았어도 지금쯤 백만장자가 되었을 거라고 생각했다.

"싫어. 나 바빠."

"너도 바쁜 일이 다 있어? 네가 무슨 할 일이 있다고 그래? 엄마 지금 너랑 말씨름을 할 새 없어."

"엄마?"

"왜?"

"어디 가는데?"

"넌 몰라도 돼. 별걸 다 물어 얘가. 청소나 잘 해 놔. 저번처럼 쓸기만 하고 스팀 청소기 안 돌리면 알아서 해."

"몰라."

"한 대 맞고 정신 차릴래?"

"알았어. 이따가 할게."

"그래, 엄마는 너만 믿고 간다."

엄마가 급히 구두를 신었다. 현관 거울을 보고 마지막으로 옷 매무새를 가다듬었다. 로보는 엄마의 구두 소리가 점점 작아지는 걸 듣다 다시 잠이 들었다.

꿈에서 엄마는 아직 방에 있었다. 서랍에서 갈색 스타킹을 꺼내 비닐 포장지를 벗겼다. 손톱에 스타킹이 걸리지 않게 주의하며 허브향 바디 로션을 듬뿍 바른 다리에 신었다. 나일론 스타킹에는 먼지가 끼지 않았다. 세균조차 없었다. 그런데 공기 중에서 불쑥 황산 방울이 생겨났다. 황산 방울이 나일론 섬유에 내려앉으려 했다. 섬유 가닥을 하나하나 망가뜨리고 뜯어 버리려 했다. 화가 난 개처럼 이빨을 드러내고 침을 뚝뚝 흘렸다. 황산 방울이 서서히 허리가 길고 다리가 짧은 닥스훈트로 변해 갔다. 로보는 그걸 보고 있다가 잠에서 깼다.

집은 엉망이었다. 싱크대에는 기름 낀 그릇이 쌓여 있었다. 거실과 안방은 머리카락 뭉치와 잔먼지, 아무렇게나 벗어 놓은 옷, 개지 않은 빨래, 마사지 기계, 용도를 알 수 없는 가방들과 택배 상자, 쇼핑백들로 휘어질 지경이었다. 로보는 텔레비전을 쳐다보다 껐다.

방문을 열어 보니 보보는 아직 자고 있었다. 신기할 만큼 보보는 반듯하게 누워서 잤다. 적당히 몸을 눌러 주는 광목 이불을 덮고 손상되는 것 하나 없이 자고 있었다. 로보는 불쾌할 만큼 아찔한 기분을 느끼며 방문을 닫았다.

막상 청소를 하려니 난감했다. 로보는 일의 순서를 정하려다 갑자기 학교에서 애들에게 괴롭힘을 당하고 뒷정리하던 생각이 나 맥이 풀렸다. 그래도 가까스로 기운을 냈다.

설거지부터 시작했다. 기름기가 묻은 것과 묻지 않은 것을 분리하고 기름기가 묻은 것도 정도에 따라 구분했다. 그리고 기름기가 없는 그릇부터 닦아 나갔다. 고무장갑이 커 그릇이 손에서 미끄러졌다. 떨어뜨린 밥공기를 반사적으로 받아 냈을 때는 정신이 번쩍 들었다. 설거지를 마치고 싱크대 주변을 닦아 냈다. 물을 묻혀 멜라민수지 폼으로 닦으면 찌든 때가 쉽게 닦였다. 그리고 거실을 정돈했다. 물건들을 제자리에 놓고 가구 위의 먼지를 닦았다. 안방까지 정리를 하고 빗자루로 전체를 쓸어 내고 나서 스팀 청소기로 바닥을 닦았다. 세 시간 동안 로보는 전문가적인 성실도로 청소에 임했다.

청소를 마치고 샤워를 했다. 추위를 많이 타는 로보는 샤워를 할 때마다 몸이 움츠러들었다. 샤워기에서 쏟아지는 물소리는 언제 들어도 끔찍했다. 로보는 급하게 씻었다. 샤워를 마치고 욕실도 정리했다. 개운했다. 방으로 들어가 스킨과 로션을 바르고 옷을 입었다.

하지만 로보의 방에는 섬뜩할 정도로 덩치가 크거나 희한하기 짝이 없는 물건들, 괴상망측한 물건들이 엉겨 있었다. 로보는 방 안의 물건들을 정리해 보려고 몇 번인가 시도해 봤지만 번번이 허사였다. 정리를 한다고 해 봐야 해 놓고 보면 이쪽에 쌓인 것들을 저쪽으로 옮겨놓았을 뿐이었다. 정말 방을 정리하려면 어떤 것들은 과감히 버려야 했지만 로보는 결단을 내릴 수가 없었다.

로보는 깨끗한 식탁에서 늦은 아침을 먹었다. 땅콩을 넣은 멸치 볶음과 구운 김과 김치를 먹었다. 로보가 밥을 절반쯤 먹었을 때 보보가 나왔다. 보보는 물을 따라 마시고 소파에 앉아 텔레비전을 켰다.

"내 밥도 차려 줘. 나 스크램블 에그랑 베이컨 구워 줘."

로보는 귀찮았지만 그냥 해 주었다. 보보는 텔레비전에만 시선을 두고 있었다.

"언니, 먹어."

벌써 한 시 사십 분이었다. 이제 슬슬 나가 케이크를 사다 놓을 생각이었다.

"너 청소했어?"

보보가 젓가락으로 달걀을 집으며 물었다.

"응."

로보는 언니가 할 다음 말을 기다렸다. 자기도 모르게 칭찬을 기대했다.

"내 방은?"

"언니 방 뭐?"

"내 방도 치워야지."

"언니가 해."

"그런 게 어딨어? 다른 데는 다 치우고 왜 내 방만 빼놔?"

로보는 울컥 분이 올랐다. 언니는 언제나 이런 식이었다. 다른 사람들에게는 얼마든지 다를 수 있으면서 로보에게만은 이런 식이었다.

"나 엄마 심부름 가야 해."

"뭔데?"

"미고에서 케이크 사 오랬어."

"왜? 오늘 무슨 날이야?"

"저녁에 손님 온대."

"저녁에? 뭐야, 아직 두 시도 안 됐잖아. 내 방 청소하고 가도 되겠네."

보보는 집요했다.

"아까 청소할 때 언니가 방에 없었으면 언니 방도 치웠겠지. 근데 언니가 자고 있었잖아. 그래서 못 치운 거잖아."

로보는 일일이 이런 식으로 대꾸하는 자신이 구차했다.

"이제 일어났으니 지금 치우면 되겠네."

"내가 왜 언니 방을 치워? 내가 언니 하인이야?"

로보는 더 참지 못하고 소리를 질렀다. 눈물이 핑 돌았다. 언니가 이럴 때마다 똑같이 반응해 버리는 자기가 더 싫었다. 로보는 밥을 먹다 말고 가방을 들고 집을 나와 버렸다.

엄마가 좋아하는 빵집은 지하철을 타기엔 가깝고 걷기엔 먼 거리에 있었다. 자전거를 타는 게 가장 알맞았지만 케이크를 자전거 바구니에 싣고 올 수는 없었다. 로보는 지하철을 타러 갔다. 바깥에 나오면 언제나 계절이 있고 날씨가 있다는 사실에 감탄하게 되었다. 집 안에서는 그런 엄연한 사실이 이상할 정도로 깡그리 잊혀졌다. 마치 언니와 소파, 텔레비전, 냉장고에 쌓인 고기, 냉동식품, 옷장에 가득한 옷, 새 가방 정도가 세상의 전부인 것처럼 느껴졌다.

이런저런 생각을 하다 로보는 하마터면 내릴 역을 지나칠 뻔했다. 서둘러 문이 닫히기 전에 내렸다. 지하철과 연결된 지하에 매장이 있었다. 오 분쯤 걸어 빵집에서 티라미수를 샀다. 입에 넣으면 그대로 녹는 티라미수를 로보도 무척 좋아했다. 가끔 잘못 먹으면 초콜릿 가루가 목에 걸려 기침이 나는 것까지 좋았다.

집에 돌아오니 불쾌감이 살아났다. 로보가 먹다 만 것과 보보가 먹고 치워 놓지 않은 그릇들이 식탁에 어질러져 있었다. 로보는 화가 났지만 어쩔 수 없었다. 아침 내내 치운 걸 이것 때문에 망칠 수는 없었다. 로보는 케이크를 베란다에 내놓고 식탁을 치웠다. 조금도 개운하지 않았다.

로보는 방에 들어가 누웠다. 주말에는 비설당도 수업이 없었다. 로보는 한참을 그대로 있었다. 그러다 컴퓨터를 켜기도 귀찮아 휴대폰을 들고 장기 게임을 하기 시작했다. 오른쪽 끝에 있는 '졸'을 열고 왼쪽 '마'를 앞으로 이동시켰다. '상'을 '왕' 앞에 가져다 놓고 반대편의 '상'을 몇 번의 자리바꿈으로 '왕'의 왼쪽에 위치시켰다.

세상이 휴대폰 속 몇 개의 돌로 집약되어 갔다. 불쾌함도 지루함도 저녁에 올 손님에 대한 막연한 부담감도 밀쳐졌다. 머릿속을 부유하는 수후라는 도둑에 대한 야릇한 감정도 비설당도 별로 상관없이 느껴졌다. 그게 무엇이든 게임에 열중하고 있으면 쉽게 단념되었다. 엄마가 다섯 시를 조금 넘기고 돌아와 분주하게 돌아다녔다. 아빠는 그로부터 이십 분 뒤에 종친회에서 돌아왔다. 로보는 여전히 누워서 엄지손가락만 움직였다. 방금 여유 있게 상대편 '왕'을 농락하던 '차'가 어이없이 상대편 '마'에 먹혔기 때문에 신경이 곤두섰다.

저녁 손님으로는 이십 년 전에 미국으로 이민 간 엄마 친구의 아들이 오기로 되어 있었다. 그는 UCLA를 다니다 휴학하고 장기간 여행할 목적으로 한국에 들어와 있었다. 엄마는 이곳 사정을 잘 모르는 그를 당분간 도와주기로 했다. 그는 여기서 멀지 않은 모텔에 묵고 있으며 오늘은 인사차 들르기로 했다.

두연 씨는 조바심이 났다. 그녀는 섣부르게 그를 미래의 보보 짝으로 점찍고 있었다. 그를 실제로 본 적은 없었고 친구들 모임에서 우연히 사진만 보았다. 그래도 그녀는 그가 마음에 들었다. 그 정도 인물에 학벌, 집안이면 보보의 상대로 적합할 것 같았다. 물론 그런 속내를 비치지는 않았다. 다만 보보를 단장시키는 데 열을 올렸다.

보보는 스스로 꾸미려고만 든다면 순수하면서도 찬란하게 자신을 만들어 낼 수 있었다. 그러나 평소에는 별로 꾸미려 들지 않았다. 예쁜 사람이 꾸며서 더욱 예뻐지면 사람들은 질투를 하지만 예쁜 사람이 꾸미지 않고서도 예쁘면 사람들은 감탄했다. 그런 차이를 일찍이 간파한 보보는 정말 돋보이고 싶은 자리가 아니고는 꾸미지 않았다. 그런 것에는 관심 없는 척 굴기를 좋아했다. 물론 흐트러진 머리카락, 아무거나 걸친 듯한 티셔츠에도 나름대로의 계산은 있었지만 말이다.

보보와 엄마가 원피스를 사이에 두고 신경전을 벌였다. 보보는 대단한 일도 아닌데 뭘 그렇게까지 입으라고 하냐고 성화였다. 엄마는 이왕이면 예쁘게 입는 게 좋지 않으냐고 물러서지 않았다. 로보는 그러든지 말든지 '차'를 다 잡아먹히고 겨우 '마'로 공격해 가며 고전을 면치 못하고 있었다.

로보는 게임을 하다 말고 우연히 벽에 걸린 전자시계를 쳐다보았다. '05 : 59'에서 '06 : 00'으로 찰칵 넘어가는 걸 미묘한 충격 속에서 아주 천천히 보았다. 순간 현관의 벨이 울렸다. 로보는 휴대폰을 접고 자리에서 일어났다.

"어머, 정확하기도 해라. 왔나 보다. 보보야, 어서 나와."

두연 씨는 또 로보를 잊어버렸다. 평소엔 저음인 두연 씨가 하이톤으로 과도하게 웃었다. 로보는 그 소리가 초식동물 울음소리와 비슷하다고 생각했다.

인사를 하며 그가 들어섰다. 운동으로 다져진 몸의 라인을 살짝 드러내는 실키한 티셔츠에 라이더 재킷, 검정 바지 차림이었다. 아무런 디테일이 들어가지 않은 대신 멋스런 광택이 나는 심플한 회색 운동화를 신고 있었다. 로보는 그가 품에 안고 들어온 푸르게 잘 자란 율마 화분에서 눈을 떼지 않고 있었다. 그가 점점 집 안으로 들어왔다. 로보가 살짝 비켜서야 했다. 율마 화분이 엄마 손으로 옮겨져 거실 한쪽에 놓였다. 로보는 줄곧 율마만 바라보았다. 그는 수후였다. 로보의 머릿속에서 다시 커다란 꽃잎이 팔랑거렸다. 그의 존재가 섞여 드는 순간 집은 더 이상 집이 아닌 기묘한 공간이 되어 버렸다. 그는 로보를 아는 척하지 않았다.

그는 특별히 예의 바르지는 않았지만 행동에 꾸밈이 없었다. 얘기를 할 때면 부드러운 동시에 사려 깊은 느낌이 드는 제스처를 취했다. 잘 웃지는 않았는데 시선을 내리고 미소 지을 때면 아름다운 것을 본 것처럼 마음이 떨렸다. 온화하고 맑은 눈빛에선 헌신적인 진지함이 느껴졌다. 두연 씨는 사진으로 본 인상하고는 많이 다르지만 실제 모습이 훨씬 매력적이라고 생각했다. 그와 거실에서 케이크를 먹고 차를 마시며 삼십 분쯤 앉아 있으려니 로보도 그가 옥상에서 만난 도둑과는 다른 사람인 것처럼 느껴졌다.

집에서 입는 헐렁한 회색 티셔츠에 자잘한 곰 그림이 들어간 면바지를 입고 있던 보보가 찻잔을 쏟았다. 누가 봐도 일부러 그랬다는 걸 알 수 있었다. 두연 씨는 보보가 왜 그러는지 당황했다. 그러나 보보가 가슴선이 돋보이고 다리 라인이 살아나는 짧은 원피스로 갈아입고 나오자 두연 씨의 입이 환하게 벌어졌다. 로보는 이런 상황에서 빨리 벗어나고 싶었다.

그러나 절정은 아직 다가오지 않았다. 누가 말하지 않아도 이제 만남은 끝났으며 십 분 이내로 그가 일어나 인사를 하고 나갈 거라는 걸 누구나 알 수 있었다. 그때 보보가 말했다.

"모텔에서 지내시는 거 불편하지 않아요?"

"그렇긴 하지만 살 만한 방을 구할 때까지는 어쩔 수 없지요."

"그러면 저희 집에서 지내시는 건 어때요?"

그 말에 다들 놀랐다. 두연 씨도 그런 생각을 해 보지 않은 건 아니었다. 친구의 아들이 한국에 온다는 소리를 듣자마자 그녀는 그를 자기네 집에 두면 어떨까 생각했다. 하지만 아무리 머리를 짜내도 방이 없었다. 보보에게 방을 내놓으라고 할 수는 없었고 로보의 방은 누구에게 내줄 만한 것이 못 되었다.

"하지만 보보야, 방이 없잖아."

두연 씨가 평소의 저음으로 돌아와 당황스럽게 말했다.

"왜? 내 방 있잖아? 내가 엄마랑 같이 지내고 아빠는 거실 쓰면 되잖아."

두연 씨는 보보의 말에 귀가 번쩍 뜨였다.

"마음은 고맙지만 괜찮아요. 그렇게까지 할 건 없어요."

수후가 말했다. 그러나 그렇게 말해 봐야 듣고 있는 사람은 없었다. 두연 씨는 이미 결정을 내렸다.

"아무리 그래도 우리 집이 모텔보다는 낫지. 제대로 된 방 구할 때까지라도 그렇게 해, 수후야. 어려워 말고. 너희 엄마랑 내가 이래 봬도 삼십 년 친군데 그 정도도 못 하겠니? 어휴, 우리 보보가 워낙 마음이 따뜻해서."

엄마가 웃었다. 웃음은 정말 다양하다. 로보는 엄마의 웃음소리를 다 듣고 나면 자기가 사라져 버릴 것 같았다.

결국 그는 모텔에서 짐을 가지고 오기로 했다. 그가 나가자마자 집 안에서는 한바탕 난리가 났다. 보보가 자기 방이 더럽다며 펄펄 뛰었다.

"아니, 뭐야? 로보야, 너 언니 방은 청소 안 했어?"

"어. 언니가 자고 있어서."

"그럼 나중에라도 했어야지. 삼사십 분이면 갔다 올 텐데 이를 어째? 욕실도 엉망이고. 보보야, 넌 혼자 쓰면서 욕실이 이게 뭐야?"

보보는 뭐라고 뾰로통하게 중얼거렸다.

"보보야, 너 거기 서서 시끄럽게 굴지만 말고 빨리 네 짐 챙겨서 안방으로 옮겨. 로보 너는 언니 방 좀 쓸고. 여보, 당신은 거치적거리니까 저리 가 있어. 차 마신 거 정리나 좀 하든지."

엄마가 샤워기를 틀어 욕실 청소를 시작했다.

"거봐, 내가 아까 청소하랬잖아. 이게 뭐야? 너 때문에 무슨 난리냐고?"

보보가 악이 올라 말했다. 그러고는 급하게 허리를 구부리고 서랍에서 필요한 물건들을 꺼냈다.

"언니, 그래 봤자 지금 팬티 보이거든."

로보는 대충 빗자루로 방을 쓸었다.

"알아서들 해. 난 끝."

언니가 뭐라고 하든 로보는 잽싸게 방으로 들어가 휴대폰을 열었다. 하다 만 게임이나 이어서 할 생각이었다.

누군가를
이해한다는 것

로보에게는 고민이 있었다. 수후를 옥상에서 다시 만났다는 걸 나낙과 벼루에게 말하지 않은 것이다. 처음엔 그 사실을 일부러 숨겼다. 그러다 며칠이 지나니 굳이 말할 필요가 없어졌다. 하지만 그가 아예 집으로 들어온 이상 더는 말하지 않을 수가 없었다. 로보는 그의 얘기를 할 때면 굳어지던 나낙과 벼루의 표정을 기억했다. 별로 걱정거리가 없는 벼루도 그의 얘기만 나오면 흥분했다.

로보가 비설당에 가려고 집을 나서는 걸 수후가 따라붙었다.

"어디? 비설당? 지금 가면 이르지 않나?"

"여행하러 왔다면서요? 왜 만날 집에만 있어요?"

"설마 내가 정말 여행 같은 걸 하고 다닐 거라고 생각하는 거야?"

"뭐 자기 입으로 그렇게 말했으면서."

"내가 진짜 너희 엄마 친구 아들이라고 생각하는 건 아니지?"

수후가 빙글빙글 웃었다. 로보는 놀랐다.

"그럼 아니에요?"

"당연히 아니지. 두연 씨 친구 아들이 미국에서 온 건 사실이지만. 그 친군 지금쯤 상점 주인이 직접 공들여 쓴 간판이 있는 강원도 어느 시골 마을을 여행하고 있을걸."

로보는 그가 엄마를 두연 씨라고 지칭하는 게 껄끄러웠다. 하지만 그런 걸 타박할 여유는 없었다.

"말도 안 돼. 그럼 어떻게 우리 엄마를 속인 거예요? 엄마가 친구랑 통화 한 번만 하면 다 들통 날걸."

"그치? 그럴 것 같지? 그런데 두연 씨는 그 미국 친구하고 별로 안 친해. 이번에 통화 한 것도 오 년 만이야. 그것도 두연 씨가 다른 친구한테 미국 친구 아들 얘기를 듣고 일부러 전화를 건 거야. 그리고 그 아들이 자기네 집 가까이 있다는 걸 알고 부득부득 저녁 약속을 만든 거지."

"하지만 엄마는 그 아줌마가 아들이 방 구하는 문제며 이런저런 걸 부탁했다고 했는데……."

"그런 부탁을 한 건 나야. 어머니에게 얘기 들었다면서 내가 직접 전화를 걸었어. 어차피 두연 씨는 친구 아들의 목소리 같은 건 들어 본 적이 없으니까."

그가 잠시 말을 멈추었다.

"잠깐만, 물 한 병만 사서 가자."

로보가 가방에서 물을 꺼내 그에게 주었다.

"이런 걸 다 가지고 다녀?"

로보는 대꾸하지 않고 그가 물을 다 마시자 물병을 가방에 넣었다.

그들은 어느새 아파트 공사 현장 안으로 들어와 있었다. 뛰지 않고서 이곳에 도착한 것은 오늘이 처음이었다. 하지만 그런 것에 대해서는 생각해 볼 겨를이 없었다. 그가 말을 이었다.

"내 자리는 그런 소원한 관계에서 생겨났어. 미국 친구의 진짜 아들은 여행 초보자답게 장기 여행에 돌입했으면서도 아주 빡빡한 일정을 세웠어. 얼마 못 가 나가떨어지겠지만 아직은 초반이라 힘이 넘치고 열정이 있지. 워낙 계획대로 움직이는 걸 좋아하는 성격이기도 하고 말이야. 그는 어머니한테 어머니 친구가 초대했다는 말을 들었어. 물론 내키지 않았지. 하지만 말이 길어질 것 같아서 귀찮은 김에 수긍해 버렸어. 그래도 약속을 지키려는 기본적인 마음가짐은 있었어. 그런데 어쩌나? 도중에 사고가 난 거야. 유스호스텔에서 나와 횡단보도를 건너다가 자동차에 부딪쳤어. 걱정할 건 없어. 경미한 사고니까. 다친 데는 없었지. 하지만 초보로밖에 보이지 않는 젊은 운전자가 병원에 가서 확인을 해야 한다고 하도 호들갑을 떠는 통에 끌려가지 않을 수가 없었어. 아까운 시간만 낭비하게 된 거야. 그러는 사이 저녁 약속 같은 건 까맣게 잊어버렸어. 그래서 그는 밤에 떠나려고 했던 강원도로 일정을 앞당겨 떠났어. 저녁 시간이 왜 비어 있었는지는 일주일 정도 지나고 나서야 생각해 내겠지."

"하지만 그래도 우리 엄마가 미국 친구에게 '너희 아들 우리 집에 잘 있다.'고 전화 한 통만 하면 끝나는 거잖아요?"

"물론이지. 그런데 두연 씨가 그런 전화를 할까?"

"당연히 하겠죠."

"그 친구가 싫어하면 어떻게 하지? 두연 씨네 집에 겨우 방이 세 개뿐이어서 딸 방을 비워 줬다는 걸 알고 그 친구가 '어머, 그런 폐를 끼치다니 그건 절대로 안 되지.' 하고 정색을 하면? 아들한테 당장 그 집에서 나오라고 하면? 아들이 직접 자기 엄마한테 말하는 거야 어쩔 수 없겠지만 두연 씨가 그런 얘기를 하려고 먼저 전화를 할까?"

로보는 마치 엄마가 친구 아들을 집에 두지 못해 안달하는 것처럼 수후가 말하자 기분이 상했다.

"엄마가 좋은 일 하면서 겁낼 게 뭐 있어? 그까짓 남의 집 아들을 집에 못 둬서 우리 엄마가 뭐 안달이라도 난 줄 알아?"

로보가 반말로 소리를 질렀다.

"응, 너도 반말이 편하면 그렇게 해. 나도 그게 듣기에 편해."

"반말 같은 소리 하고 있네."

로보가 씩씩거렸다.

"두연 씨가 안달이 났는지까지는 잘 모르겠지만 의도가 있는 건 분명해."

"의도는 무슨 의도? 의도가 있는 건 당신이지."

그가 악랄하게 웃었다.

"그래, 그럴지도 모르지."

로보는 순간 옥상에서 느꼈던 두려움을 다시 느꼈다. 로보는 자기가 그에게 너무 쉽게 끌려 다니고 있다고 생각했다. 그는 한 없이 사람의 마음을 풀어지게 하는가 하면 아무렇지 않게 교활한 얼굴을 내보였다.

"어디까지 따라올 거예요?"

"내가 그만 갔으면 좋겠어?"

로보가 고개를 끄덕였다.

"좋아, 그럼 여기서 돌아갈게."

1층의 비상 통로로 들어서기 전에 그가 순순히 돌아섰다.

"근데 왜 나한테 그런 얘기를 했어요? 내가 엄마한테 다 말해 버리면?"

"네가 그러겠다면 어쩔 수 없지."

그는 손을 흔들어 보이고 건물 밖으로 나갔다. 로보는 오늘은 꼭 나낙과 벼루에게 이 모든 얘기를 다 해야겠다고 결심하며 도둑 세계로 달려갔다.

수업이 끝나고 로보와 나낙과 벼루는 피핀에게 갔다. 이번에도 주변에 갈 만한 곳을 피핀에게 물어볼 생각이었다.

"오늘은 다들 그냥 집에 가는 게 좋겠어."

스키를 타고 다니는 게 힘들어 피핀은 요즘 부쩍 피곤해했다. 집에 돌아갈 때면 아이들은 전차가 피핀 때문에 말도 못 하게 삐쭉 튀어나온다고 불평을 했다.

"왜? 여기 주변은 그렇게 별로야?"

나낙이 물었다.

"주변에 야광 꽃밭이 있긴 해. 나도 본 적은 없는데 대단한 광경이래. 아픈 사람이 그 꽃빛을 보면 병이 낫는다고도 해. 근데 거긴 지금은 못 가. 위험해."

"역류하는 허공도 위험하다고 그랬잖아. 물론 거기까지는 가보지도 못했지만."

"거기랑은 또 달라. 야광 꽃밭이 있는 곳은 오염이 심하대."

"그게 무슨 뜻이야?"

"나도 잘은 모르는데 엄마가 말하길 허공이 문드러질 수도 있다는 얘기래."

"무슨 말인지 더 모르겠어."

"근 삼백 년 동안 누적되어 온 오염으로 최근에 본격적으로 문드러지기 시작했대. 지상 세계의 빙하가 녹는 거랑 비슷한 속도래."

"허공이 문드러지면 어떻게 되는 거야?"

"우리 도둑 세계는 보이지 않는 풍경이 보이는 풍경을 지탱하잖아. 그래서 지상 세계와 가까이 있는 지대라 해도 지상 세계에서는 보이지 않는 거고. 그런데 허공이 문드러진다는 건 보이지 않는 풍경이 사라지는 거래. 그래서 전부 보이게 된다. 지상 세계의 마천루, 뾰족탑, 안테나 같은 게 도둑 세계를 뚫고 들어올 수도 있고 반대로 그들에게 우리가 보일 수도 있고. 얼마 전에는 지상 세계에서 허공을 잘못 뚫어서 물 폭탄을 맞았대. 한 달 넘게 폭우가 쏟아져서 산사태가 나고 도로가 유실되고 집들이 무너지고 하수도가 역류했대. 이런 일들이 최근 오십 년간, 특히 최근 오 년간 더 심해지고 있다나 봐. 엄마가 내 지도책에 표시해 주면서 오염도가 빨강인 곳은 절대 돌아다니지 말라고 했어. 그러니 너희도 정 놀다 가고 싶으면 비설당에서 놀아. 실습장에 개방된 방들 있잖아."

"근데 야광 꽃밭엔 어떻게 가?"

나낙이 은근히 물었다.

"너희 애완용 불 있어?"

"응, 나 있어."

"그럼 됐네. 애완용 불이 야광꽃을 찾아갈 거야. 따라가면 돼. 근데 너희 정말 갈 생각인 건 아니지? 경고했어."

"가까이 가지 않고 아주 멀리서만 봐도 안 될까? 야광이라며? 멀리서도 보일 거 아냐? 보이는 순간 바로 되돌아올게. 그럼 괜찮지?"

"아주 멀리서?"

피핀이 잠시 생각에 잠겼다.

"글쎄, 아주 멀리서라면 괜찮을 거 같기도 하고."

"좋았어. 피핀, 걱정 마. 조심할게."

셋은 재빨리 밖으로 뛰어나왔다.

"야광 꽃밭 말이야, 나도 들은 적 있어. 나쁜 경우보다 더 나쁜 경우에만 피어나는 꽃이래. 만약 상처가 생겼다면 그건 나쁜 경우고 그 상처에 익숙해지려 하면 그게 더 나쁜 경우가 되는 거야. 그럴 때 야광꽃이 피어나서 우리 주위가 얼마나 어두운지 알아차리게 한대. 그래서 야광 꽃빛을 뚫어지게 쳐다보면 병이 낫는대."

벼루가 말했다.

셋은 애완용 불을 띄워 놓고 그 뒤를 따라 걸었다.

"참, 로보야, 너 아까 할 말 있다고 했지? 뭐야?"

나낙이 물었다. 로보는 수후를 옥상에서 다시 만난 날부터 지금까지 있었던 일을 얘기했다. 오늘 그에게 들은 말도 상세히 전했다. 나낙과 벼루는 그렇게 중요한 얘기를 로보가 지금껏 숨기고 있었다는 사실에 충격과 배신감을 느꼈다. 하지만 그보다는 수후의 일을 해결하는 게 더 급했다.

"그런 걸 다 얘기해 줬단 말이야?"

나낙이 물었다.

"응, 그는 얘기하겠다고 생각하면 아주 작은 부분까지 숨김없이 말해. 밤을 새며 질문을 한다 해도 할 수 있는 한 성실히 대답하려고 할 거야. 정말 솔직해 보여."

"하지만 왜 퇴출을 당했는지, 널 비설당에 들여보낸 의도가 뭔지는 말하지 않았잖아. 가장 중요한 것은 빼놓고 다른 것들만 장황하게 말해 정신을 빼놓는 걸 솔직하다고 할 수는 없어."

벼루가 열을 냈다.

"나중에 얘기해 준다고 했어."

"나중에 언제? 뭔가 일을 벌이고 나서?"

"그건 모르지만."

"로보야, 넌 벌써 그 도둑한테 말려든 것 같아."

"수후라고 불러 달라고 했어."

"이런 상황에 이름이 뭐든 그게 뭐가 중요해."

"꼭 중요해서는 아니고, 그저⋯⋯."

벼루는 어이가 없었다.

"너 지금 네가 얼마나 이상한지 모르지?"

벼루가 격양되어 소리쳤다. 로보도 벼루의 기분을 알 수 있었다. 그래도 로보는 수후를 옹호하고 싶었다.

"너희가 몰라서 그래. 위험하거나 나쁜 사람은 아닌 것 같아. 우린 잘 모르면서 몇 가지 정황만으로 추측하고 있는 거잖아. 우리가 틀렸을 수 있어. 물론 그는 비설당에서 퇴출당했어. 그렇다고 그가 악마적인 결함을 가지고 있다고 할 수는 없잖아."

"악마적인 결함?"

나낙이 씁쓸하게 말했다. 순간 로보는 자기가 쓴 과도한 표현이 나낙과 벼루를 비난하는 뜻을 담았다는 걸 깨달았다. 마치 나낙과 벼루가 그에 대해 한 모든 말이 속 좁은 중상모략에 지나지 않는다는 듯이. 로보는 나낙이 상처받은 걸 분명히 볼 수 있었다. 나낙은 감정을 숨기지 못했다.

"물론 우리는 그를 몰라. 본 적도 없고 들은 거라곤 소문뿐이지. 우리도 그를 부당하게 비난할 생각은 없어. 하지만 퇴출당한 도둑이 지상 세계에서 도둑 세계로 들락거린다는 건 정상적인 일은 아니지. 물론 교수님들 사이에선 뭔가 얘기가 오가겠지만 그래도 넌 당사자고, 또 그가 자꾸만 네게 무리하게 접근하니까 걱정되는 거야. 물론 그는 좋은 사람일 수도 있고 아무런 의도도 없을 수 있어. 하지만 정말로 그렇다는 걸 알기까지는 조심해야 하잖아. 넌 아직 비설당의 기술이 얼마나 대단한지 잘 몰라. 비설당을 졸업하고 나면 훔칠 수 있는 건 물건뿐이 아니야. 의식의 표층에서 무의식의 심층까지 건드릴 수 있는 게 비설당의 비물질 도둑이야. 아미탈을 주사해 한쪽 뇌를 마비시켜 놓듯 사람의 정서, 감정, 기억, 무의식의 일부만을 훔쳐 버릴 수도 있는 게 이곳의 도둑들이라고. 그는 결코 만만한 상대가 아니야. 만일 그가 어떤 의도라도 갖고 있다면 대단한 일을 벌일 수도 있는 거야. 그가 너희 집에 들어온 경위만 해도 그렇잖아. 그는 벌써 사람들의 사적 관계에 생긴 틈을 파고들어 자기 식대로 이용하고 있잖아. 비설당 도둑이었다면 그런 행위는 절대로 용납되지 않아."

나낙의 얼굴이 빨개졌다. 로보는 나낙이 자기를 위해 애쓰고 있다는 걸 알았다. 하지만 그러면서도 이렇게 중얼거렸다.

"그가 도둑 세계에 온 건 내가 이곳에 온 첫날, 그때 딱 한 번뿐이었는지도 몰라. 그저 날 도와주려고 그랬을 수도 있어. 수후가 아니었으면 난 도둑 세계에 절대로 못 왔을 거야."

나낙은 고개를 돌렸다.

"넌 그를 믿고 싶은 거야?"

벼루가 차갑게 식은 목소리로 물었다.

"어쩌면……. 응, 그런가 봐."

"그가 해 준 얘기 말고는 그에 대해서 아무것도 모르면서?"

"모든 사정을 다 알지 않고서도 누군가를 이해하는 게 정말 믿는 게 아닐까?"

그렇지 않아도 창백한 벼루의 얼굴이 더욱 창백해졌다. 벼루의 얼굴에 푸른빛이 돌았다. 로보는 문득 이 친구들이 자신에게 그렇게 해 주었다는 걸 깨달았다. 지상 세계에서 온 낯선 존재인 자신을 이질감 없이 대해 주었다.

"우리의 염려보다는 그를 믿고 싶다는 거지?"

로보는 대답할 수가 없었다. 실망감이 역력한 벼루의 목소리가 마음 아팠다.

"그래, 네가 그러고 싶다면 그렇게 해. 앞으로 우리도 이 문제에 대해서 왈가왈부하지 않을게. 교수님들도 잠잠하신 걸 보면 네 말대로 그가 아무런 문제도 일으키지 않을지도 모르지. 설사 지상 세계에서 무슨 일을 벌인다고 해도 그건 이미 도둑 세계를 떠난 일이니 어쩔 수 없기도 하고."

벼루가 단호하게 말했다. 로보는 친구들과의 관계를 이렇게 만들어 버린 자신이 혐오스러웠다. 하지만 어떻게 해야 할지 당장으로서는 아무 생각도 할 수 없었다.

잠시 뒤, 저 멀리 야광 꽃밭이 나타났다. 하지만 셋 중 누구도 보지 못했다. 기분이 상한 나낙과 벼루가 앞서 걷고 있었다. 고개도 들지 않고 발끝으로 툭툭 바닥을 차며 걸었다. 셋 다 그쯤에서 멈춰야 한다는 걸 잊어버렸다.

바닥이 이상했다. 진흙 늪처럼 발목을 잡아끌었다. 순간 정신이 든 나낙이 소리쳤다.

"멈춰!"

벼루와 로보가 놀라 멈추었다. 그러나 이미 벼루의 한쪽 발도 잘 움직여지지 않았다. 벼루가 황급히 나낙을 잡았고 로보가 벼루를 잡아당겼다. 아래쪽에서 웅성대는 소리가 났다.

"무슨 소리야?"

로보가 불안하게 말했다.

"저기다. 저기 나타났어. 빨리 이쪽으로 사다리를 가져와. 놓치기 전에 쇠스랑으로 찔러 버려. 이번엔 꼭 붙잡아야 돼."

나낙의 발아래서 사람들이 쇠스랑을 번쩍 들어 올렸다. 나낙이 비명을 질렀다.

고층 건물과 맞닿은 허공이 문드러져 있었다. 초고층 호텔인 스카이라인 스위트룸에 투숙한 사람들이 천장으로 빠진 나낙의 발을 잡으려고 안달이었다.

"나낙, 이쪽으로. 제발, 어떻게든 움직여."

벼루가 소리 질렀다. 그러나 벼루의 나머지 한쪽 발마저 더 깊이 파묻혀 버렸다.

"저 옆에 또 나온다. 사다리 좀 빨리 가져오라니까 뭘 꾸물대는 거야?"

나낙은 너무 놀라 움직일 엄두를 못 내고 있었다. 로보는 로보대로 기겁해 벼루의 넝마 같은 옷을 마구 잡아당겼다. 벼루의 옷이 찢어져 옆구리가 허옇게 드러나는 것도 모르고 안간힘을 썼다. 그러다 아예 옷이 찢어지며 로보가 넘어졌다. 사나운 목소리로 이 사람, 저 사람이 소리를 질렀다. 로보는 벼루의 옷 조각을 꼭 쥔 채 일어서지 못했다. 우스꽝스럽게 두 팔을 휘저으며 기진맥진해 고개를 들었다.

그때였다. 저 멀리 야광꽃이 보였다. 희미했지만 분명 야광꽃이었다. 로보가 폭발하듯 소리쳤다.

"고개 들어. 야광꽃이야!"

나낙과 벼루가 고개를 들었다. 야광꽃이 보였다. 아이들의 마음에서 순간적으로 두려움이 사라졌다. 나낙은 초고층 호텔의 천장에서 있는 힘껏 발을 빼며 벼루 쪽으로 손을 뻗었다. 벼루가 힘껏 나낙을 잡아당겼다. 로보도 벼루를 잡아당겼다. 나낙의 발이 빠지며 벼루의 발도 빠졌다. 셋은 허공 위로 데구루루 굴렀다. 안전한 허공에서 일어섰을 때 야광꽃은 더 이상 보이지 않았다. 로보와 나낙과 벼루는 멍하니 서로를 바라보았다. 두려움이 다시 몰려와 있었다.

로보는 전차에서 베란다로 훌쩍 뛰어내렸다. 유리 미닫이문을 열고 방으로 들어갔다. 여전히 흥분이 가라앉지 않았다. 그대로 쓰러져 자고 싶었다. 그런데 방의 공기가 평소와 달랐다. 스탠드를 켜니 누군가 금방 일으킨 정전기를 카펫이 힘겹게 떠안고 있는 게 보였다. 문이 열렸다. 보보였다.

로보를 발견한 보보의 얼굴이 놀라움으로 일그러졌다. 새하얀 실크를 구긴 것처럼 보보의 얼굴에 불쾌한 주름이 적나라하게 팼다.

"뭐야? 언제 들어왔어?"

"어, 어? 조, 조금 전에."

로보가 당황해 말을 더듬었다.

"말도 안 돼. 내가 잠깐 화장실 갔다 오는 사이에 들어왔다고? 문소리도 안 났는데?"

"언니가 못 들었나 보지."

로보의 목소리에 흥분이 묻어났다.

"어디 갔다 왔는데?"

"어? 어…… 친구 만나서……."

"친구? 무슨 친구?"

"우리 반 애. 언니는 말해도 모를 거야."

"거짓말이지?"

로보는 목이 메었다. 도둑 세계에서 방금 겪은 두려움이 가시지 않은 상태였다.

"왜? 뭐가?"

로보의 목소리가 갈라졌다.

"중학교 1학년짜리가 새벽 한 시까지 친구 만나서 돌아다녔다고?"

"어, 그랬어. 왜?"

로보는 식구들에게 밤늦게 들어오는 걸 들킬 수도 있다는 생각을 해 본 적이 없었다. 엄마, 아빠는 로보가 저녁 식탁에 나와 있으면 같이 밥을 먹었고 없으면 잊어버렸다. 평일엔 심부름을 시키는 일도 없으니 더욱 그랬다.

보보가 로보를 뚫어지게 보았다. 물이 흘러가듯 조용한 시선이 로보의 신경으로 차갑게 흘렀다. 로보는 이대로 다 들킬 것 같았다. 자신이 도둑이라는 것도, 도둑 세계에 대해서도 다 들키고 말 것 같았다. 만일 언니가 도둑 세계에 대해 알게 된다면 모든 것이 산산이 부서지고 말 것이다.

"넌 지금 거짓말하고 있어. 하지만 그 얘긴 그만둬. 지금 중요한 건 그게 아니니까."

보보는 더 이상 캐묻지 않았다. 로보는 안도했다. 그러나 그게 중요한 게 아니라면 뭐가 중요한 건지 짐작이 되지 않았다. 로보는 목이 말랐다.

로보에게는 일회용 물병이 있었다. 일 년 전에 물 세 모금을 마시고 뚜껑을 열어 둔 채 책상에 세워 두었다. 로보는 가끔 네임펜을 들고 물이 증발한 높이를 표시하고 날짜를 적었다. 작년 11월 27일을 시작으로 올해 1월 1일, 2월 5일, 2월 22일, 3월 13일, 4월 17일, 5월 7일, 6월 23일, 7월 26일에 각각 높이를 표시했다. 한 달에 약 0.8센티미터씩 물이 증발했다. 그러다 7월

26일에 실수로 물을 쏟는 바람에 중단되었다. 로보는 자기가 왜 이런 짓을 시작했는지 곰곰이 생각해 보았다.

'물을 더 마시기도, 그렇다고 그냥 버리기도 싫었어.'

과거의 로보는 그렇게 답했다. 그 뒤로도 로보는 빈 병을 버리지 않고 책상에 세워 두었다. 그곳에 표시된 날짜의 눈금을 볼 때면 시간이 다양한 방식으로 흐른다는 생각이 들었다. 로보는 지금 목이 말랐다. 그녀는 빈 병을 보며 미세하게 물이 증발해 가던 순간들을 거슬러 물이 가득 차 있던 때를 생각했다.

'어째서 그때는 시원함을 못 느꼈을까?'

만약 그때 시원함을 느꼈다면 물을 끝까지 다 마셨을 것이다.

"너 오늘 오후에 수후 오빠랑 같이 나가더라."

"어? 어."

로보가 가볍게 대꾸했다. 그런데 이상한 감정의 부유물이 느껴졌다. 언니가 로보를 표독스럽게 쏘아보고 있었다. 로보는 의아했다. 로보에게는 소량의 감정밖에 쓰지 않던 언니가 지금은 그녀를 향해 온 힘을 다 쓰고 있었다.

"둘이 뭐 했어? 지금까지 같이 있었어?"

보보의 입술 끝에 경련이 일었다. 새빨간 입술을 깨물어 더욱 새빨개졌다.

"무슨 소리야? 어쩌다 가는 방향이 같아서 조금 같이 간 것뿐이야. 곧 헤어졌어."

"너, 정말이야?"

"못 믿겠으면 수후한테 가서 물어봐."

보보의 표정이 무섭게 일그러졌다. 마치 세월이 변한 것처럼, 갑자기 반백 년은 흘러 버린 것 같았다.

"아직 안 들어왔어."

보보가 이를 갈며 말했다. 너무도 건조하고 열에 들뜬 표정이었다.

"야, 근데 너 방금 뭐라고 했어? 수후? 수후 오빠랑 너랑 몇 살 차인데 막 이름을 부르고 난리야?"

"아니, 저기……."

로보는 뭔가 수습해 보려다 말았다. 이런 식의 대화가 피곤하고 불쾌했다.

"수후가 수후라고 하랬어. 됐어?"

"수후 오빠가 그랬다고? 너 같은 애한테 그런 말을 했다고?"

로보도 감정이 격해졌다. 그녀는 지금까지 앉지도 못하고 어정쩡하게 서 있었다.

"또 무슨 얘기 했어?"

"언니, 나 씻고 자야 돼. 그만해."

"그런 식으로 빠져나가려고? 좋아, 씻고 와. 기다릴 테니."

로보가 방을 나갔다. 아빠가 자고 있는 거실이 낯설게 보였다. 로보는 화장실로 들어갔다. 물소리가 컸다. 심장이 더 세차게 뛰었다. 어지러웠다. 그래도 로보는 정성스럽게 거품을 만들어 얼굴을 꼼꼼히 문질렀다. 양 코볼과 이마, 입술 끝과 턱을 세심하게 문질렀다. 세수를 마치고 소변을 보고 물을 내렸다. 다시 손을 씻고 주방에서 물을 마셨다. 방으로 돌아왔다.

언니는 꼼짝 않고 앉아 있었다. 로보는 언니를 쳐다보지 않았다. 얼굴에 스킨과 로션을 바르고 옷을 갈아입었다. 이불을 깔았다.

"말해. 또 무슨 얘기 했어?"

로보는 자리에 누워 눈을 감았다. 스탠드의 불빛이 눈꺼풀을 투과해 눈동자가 아팠다.

"말할 수 없어."

"이제야 본색을 드러내는군."

로보의 눈꺼풀이 떨렸다. 돌아눕자 고여 있던 눈물이 흘러내렸다.

"언니가 상상하는 그런 건 절대 아니니까 신경 꺼."

울음소리가 배어났지만 보보는 그런 소리는 듣지 못했다.

"내가 상상하는 게 뭔데?"

"언니는 지금 날 질투하고 있잖아."

보보의 얼굴이 무섭도록 창백해졌다. 로보는 보지 않아도 느낄 수 있었다.

"내가, 너 따위를, 질투한다고?"

보보가 말했다. 바위가 속에서부터 쪼개지는 것 같았다.

그때 현관문 열리는 소리가 났다. 수후였다. 보보가 반사적으로 발딱 일어났다. 그녀는 서둘러 거울을 보고 나갔다. 로보는 간신히 일어나 스탠드의 불을 끄고 누웠다. 이불을 목까지 끌어올려 덮고 몸을 반듯하게 폈다. 그녀의 가슴 위로 돌덩어리가 산더미처럼 쌓여 있었다. 로보는 이빨고양이와 얘기를 나누고 싶었다.

금지된
장난

로보는 요즘 아침 일찍 학교에 갔다. 학교가 끝나도 집에 들르지 않고 공원이나 놀이터에서 시간을 보내다 편의점에서 컵라면을 사 먹고 비설당으로 갔다. 수후도 언니도 마주치고 싶지 않았다. 오늘도 새벽 여섯 시에 아침으로 먹을 만한 걸 챙겨 집을 나왔다. 어두운 길을 걸어 육상 트랙이 있는 공원에 갔다. 쌀쌀한 늦가을이었다. 안개가 잔뜩 끼어 운동하는 사람이 별로 없었다. 로보는 벤치에 가방을 내려놓고 육상 트랙을 뛰었다. 한 발한 발 균일한 힘으로 뛰었다. 두 바퀴를 돌자 내장을 증기로 세척한 것처럼 쾌적한 기분이 들었다.

숨을 고르고 한쪽에 놓인 운동기구를 차례로 섭렵했다. 서서히 날이 밝아 왔다. 로보는 벤치에 앉아 물을 마시고 빵을 씹었다. 딱딱한 빵을 조금씩 씹었다. 이런 순간에는 뭔가를 먹고 있다는 것 자체가 위안이 되었다.

공원 입구에 키 큰 소나무 십여 그루가 있는 걸 로보는 오늘에야 발견했다. 그녀는 나무를 끝까지 올려다보았다. 한참을 그러고 있는데 나무 사이로 수후가 올라오는 게 보였다. 로보는 그를 피하려다 그만두었다. 수후가 다가왔다.

"피곤할 텐데 용케 일찍 일어났네."

그의 말투가 그녀를 흡수했다. 로보는 그가 자신을 알고 있다고 느꼈다. 그녀가 아무리 오래된 암호에 둘러싸여 있어도 그는 그녀를 읽어 낼 것 같았다. 수후가 옆에 앉았다.

"사람이 언제 슬퍼지는지 알아?"

그의 목소리는 밖으로 퍼지다 끊어지지 않고 안으로 깊숙이 들어가는 종소리 같았다. 로보는 그에게 이끌리는 대로 자신을 가만히 내버려 두었다.

"아니요."

"사람이 진짜 슬퍼지는 건 무력감을 느낄 때야."

"무력감?"

"아무것도 할 수 없다는 절망."

로보는 속으로 그의 말을 반복했다.

"만일 아주 작은 것이라도 할 수 있는 게 있으면 슬프지 않아."

로보는 그의 말을 한 음절 한 음절 마음에 새겼다.

"너에게도 그렇게 작은 일 정도는 있겠지?"

그가 허물없이 로보의 눈을 들여다보았다. 로보는 아무 생각도 나지 않았다.

"모르겠어요."

"장난 같은 거."

로보는 그가 무슨 말을 하는지 짐작조차 할 수 없었다.

"금지된 것이긴 하지만 어차피 장난일 뿐이야."

그가 최면이라도 걸듯 웃었다.

"어때? 해 볼래?"

"그게 뭔데요?"

"넌 도둑이지?"

로보가 고개를 끄덕였다.

"하지만 아직 뭔가를 훔쳐 본 적은 없지?"

로보는 실습장에서 훔친 물건들이 떠오르긴 했지만 고개를 끄덕였다.

"아, 실습장에서 뭔가를 훔쳤겠구나. 그렇지?"

독심술을 하듯 그가 덧붙였다. 순간 로보는 나낙의 말이 떠올랐다. 그가 의식의 표층에서 무의식의 심층까지 건드릴 수 있다면 지금 자신의 감정을 읽어 내는 건 아무것도 아닐 것이다.

"다를 거 없어. 어때? 여기에서도 네가 원하는 걸 훔쳐 볼래?"

208

'널 이용해 뭔가를 꾸미려는 거야.' 하고 소리쳤던 벼루의 목소리가 들려왔다. 로보는 두려웠다.

"물론 비설당에선 졸업을 하기 전에 아무것도 훔치지 못하게 되어 있어. 그래, 이건 금지되어 있는 거야. 하지만 어때? 실습 수업에서 매번 뭔가를 훔치듯 이것도 그런 장난일 뿐인데. 네 실력이 어떤지 궁금하지 않아? 네가 실제로 뭘 할 수 있는지 알고 싶지 않아?"

로보는 더 이상 그의 말을 듣고 싶지 않았다. 하지만 고개를 돌릴 수도 귀를 막을 수도 없었다. 그의 얘기가 너무 달콤해 이미 귓속에 흘려 넣은 독약처럼 그녀의 심장을 태우고 있었다.

"당신은 그랬나요? 아직 훔쳐서는 안 될 때 뭔가를 훔쳤나요? 그래서 퇴출당한 거죠? 나도 똑같이 만들려는 거죠?"

"아니, 난 그러지 않았어. 그리고 학생 시절에 그런 짓을 했다고 해도 퇴출당하진 않아. 비설당은 그 정도로는 학생을 내치지 않아. 그랬다간 오히려 위험한 존재들을 양산하는 꼴이 되고 마니깐. 마치 실험실에서 잘못 태어난 괴물처럼 말이야. 뛰어난 기술에 미숙한 정신을 지닌 인간만큼 세상에 위험한 건 없어. 그리고 내가 퇴출당한 건 그보다는 훨씬 나중의 일이야."

"그럼 왜 나한테 금지된 일을 시키려는 거예요?"

"난 너에게 금지된 일을 시키려는 게 아니야."

로보는 그가 어째서 이토록 진심으로 말할 수 있는지 놀라웠다.

"하지만 나보고 도둑질을 하라면서요?"

"내가 너에게 도둑질을 하라고 하는 건 네가 그걸 원하기 때문이야."

로보는 숨이 빽빽하게 막혀 왔다.

"내가 언제요? 난 그런 적 없어요."

"그래? 그럼 지금 안 하겠다고 하면 되겠네."

로보는 말이 나오지 않았다. 열이 펄펄 끓는 머리로 자신을 도둑이라고 생각했던 그날부터 그녀가 바라 온 것은 단 한 가지뿐이었다. 훔치는 것이었다. 로보는 가진 게 없었다. 훔치지 않고서는 아무것도 가질 수 없었다.

"나는 하고 싶지 않……."

말이 나오지 않았다. 남의 혀가 들어앉아 있는 것 같았다. 로보는 말해 버렸다.

"하겠어요."

수후가 빙긋이 웃었다.

"좋아. 이제 학교에 가. 수업이 끝나면 널 데리러 갈게. 네가 갈아입을 옷은 내가 챙겨 갈 테니 걱정 마. 넌 무엇을 훔치고 싶은지에만 집중해. 그럼 이따 봐."

그가 먼저 일어나 공원을 내려갔다. 소나무 사이로 그의 모습이 사라졌다. 로보는 깊이 숨을 들이마셨다.

로보는 종일 두려움 속에서 수업을 들었다. 수업이 끝나자 그가 약속대로 학교 앞에 있었다. 로보는 설우와 함께 나오다 그를 보고 당황했다. 약속을 잊은 건 아니었지만 그가 눈에 띄게 서 있으리라고는 생각하지 못했다. 그는 꽤 먼 거리에서부터 굉장히 반갑다는 듯 손을 흔들었다. 주위의 이목이 집중되지 않을 수 없었다.

"누구야? 잘생겼는데."

설우가 말했다.

"엄마 친구 아들. 잠깐 우리 집에 머물고 있어. 미국에서 온 지 얼마 안 돼서 내가 주변을 안내해 주기로 했어."

로보는 괜히 어물거리다 또 이상한 소문이라도 날까 봐 서둘러 말했다. 이 일이 언니의 귀에 들어간다면 한바탕 곤혹을 치르겠지만 이제 곧 뭔가를 훔칠 도둑으로서 그런 것은 조금도 신경 쓰이지 않았다.

"와, 좋겠다. 나도 저런 엄친아 오빠 있으면 좋겠다."

로보는 설우와 친하다고 할 정도는 아니었지만 이동 수업을 하거나 하고 때 정도는 같이 다녔다. 설우는 교문에 다다르기 전에 로보와 인사를 하고 다른 친구들을 쫓아갔다. 로보가 다가가자 수후가 쾌활하게 말했다.

"어때? 시간 맞춰 왔지?"

로보는 서둘러 차에 탔다.

어느새 학교를 완전히 벗어났다. 고가도로를 타고 달리며 수후가 말했다.

"뒤로 넘어가서 옷 갈아입어. 뒷자리에 쇼핑백 있지? 네 옷장에서 챙겨 왔어."

쇼핑백에는 평소에 로보가 비설당에 갈 때 즐겨 입는 옷이 들어 있었다. 로보에게는 똑같은 바지가 세 벌 있었다. 한 벌은 빨아서 베란다에 걸려 있었고 두 벌은 옷장 속에 있었다. 그런데 둘 중 하나는 허리 고무줄이 약간 헐렁해 잘 입지 않았다. 물론 수후가 가지고 온 것은 허리가 헐렁하지 않은 쪽이었다.

로보가 옷을 갈아입고 얼마 지나지 않아 차가 멈추었다. 낯선 동네였지만 로보네 동네와 별반 다르지 않았다. 로보는 수후를 따라 차에서 내렸다.

"실습장에서 하던 것과 다를 것 없어. 넌 지함 교수 대신 내가 보장하는 안전 속에서 네가 원하는 걸 최선을 다해 훔치기만 하면 돼."

그가 모퉁이를 돌며 말했다. 사람들이 한가하게 걸어 다녔다. 우편배달부의 오토바이가 지나갔다. 한동안 평범한 골목들을 지나다 그가 어느 지점에 이르러 방향을 틀었다. 맞붙어 있는 3층 건물들 사이로 야릇한 틈이 나타났다. 이 틈은 길 쪽에서는 보이지 않았다. 그들은 틈 사이로 들어가 건물 벽을 올려다보았다. 벽에는 도시가스 파이프가 니은 자로 3층까지 붙어 있었다. 그게 아니더라도 적절한 위치에 밟고 올라갈 만한 돌들이 박혀 있었다.

"어때? 올라갈 수 있겠지? 3층이야."

로보는 긴장했다. 자기 힘으로 벽을 타고 오른다는 흥분이 뜨겁게 차올랐다. 로보는 비설당에서 배운 체조 동작들과 호흡을 떠올리며 온몸에 공기를 불어넣었다. 천천히 세포 하나하나가 부풀어 가만히 서 있어도 몸이 떠오를 것 같았다. 로보는 벽을 타기 시작했다. 손은 덩굴손처럼 끈끈하고 몸은 가벼웠다. 로보가 3층 베란다로 올라섰다. 수후는 로보에게 안으로 들어가라고 손짓했다. 겁이 났지만 그녀는 도둑이었다. 로보는 안으로 들어갔다.

집은 어두웠다. 커튼이 둘러쳐져 있었다. 비설당에서 꾸준히 해 온 홍채 운동 덕분에 로보는 어둠에 빨리 적응했다. 집 안의 모습이 서서히 드러났다. 로보는 믿을 수 없었다. 아무것도 없었다. 사방을 둘러싼 외벽과 천장 외에는 방과 거실, 주방이라는 구조조차 없었다. 문도 기둥도 없었다. 그야말로 뻥 뚫린 황량한 공간이었다.

그러나 저쪽 구석에 뭔가가 있었다. 로보는 여우처럼 발바닥의 소리를 흡수하며 움직였다. 희끄무레한 유리 공이 보였다. 커다란 유리 공은 조각품 같기도 했지만 확신할 수는 없었다. 로보는 가까이 갔다. 로보의 시선이 가까워지자 유리 공이 빛을 내기 시작했다. 어렸을 때 가지고 놀던 투명 구슬처럼 형형색색의 빛이 퍼져 나왔다. 로보는 입을 벌린 채 실눈을 뜨고 그 속을 들여다보았다.

커다란 옷장이 열리더니 아름다운 옷가지들이 흩날렸다. 실크 셔츠와 스카프가 수십 장, 수백 장씩 흩날렸다. 그 사이로 구부러진 파이프가 뒤엉키고 전선이 감겨들었다. 확성기가 울렸다. 건물과 자동차들이 빼곡하게 늘어서고 간판이 튀어나오게 걸렸다. 깊은 골목을 따라가 보니 신발이, 한 켤레 옆에 두 켤레가 두 켤레 옆에 세 켤레가 세 켤레 옆에 네 켤레가 계속 놓여 있었다. 길거리마다 무더기로 쌓여 있는 벽돌들, 시계들, 포장된 시든 꽃들, 사진들. 철망이 바다처럼 넓게 퍼져 나갔다. 비행기가 공중을 뒤덮고 휠체어가 난간마다 걸려 멈췄다. 알약과 초콜릿이 수십 톤씩 쏟아졌다.

로보는 두려움을 느끼며 넋을 잃고 바라보았다. 그러나 무엇보다도 고독했다. 물리적 세계의 중압감이 그녀를 짓눌렀다. 그것들은 그녀 대신 숨을 쉬려 했고 그녀 모르게 새로운 기억을 만들며 살아가려 했다. 로보는 자기가 질식해 갈수록 유리 공이 생기 넘치게 빛나는 걸 느꼈다.

그러다 문득 로보는 정신이 들었다. 유리 공 뒤에 있는 뭔가를 보았다. 로보는 그쪽으로 갔다. 사람, 그렇다면 남자였다. 벽에 기대앉아 잠들어 있었지만 숨 쉬는 것조차 느껴지지 않았다. 경멸적일 정도로 냉혹한 얼굴이었다. 미간을 약간 찌푸리고 있는 것 말고는 살아 있는 징후를 발견할 수 없었다. 무섭지는 않았지만 로보는 충격을 받았다. 그는 발에 차이는 나무토막보다 나을 게 없었다. 로보는 만질 수 있을 만큼 가까이 다가갔다.

갑자기 그가 눈을 떴다. 로보는 얼어붙었다. 순식간에 그가 로보의 팔을 꺾어 붙들었다. 로보는 신음조차 내지 못했다.

"대체 나한테서 뭘 훔쳐 간 거야?"

새빨갛게 충혈된 그의 두 눈이 로보를 노려보았다. 로보는 피가 마르는 것 같았다. 그러나 그는 그녀보다 더 새하얗게 질려 있었다. 로보는 문득 그의 눈빛이 휑하니 뚫려 있는 것을 보았다. 속에는 아무것도 남아 있지 않았다. 로보가 그의 손을 뿌리쳤다. 그가 힘없이 놓쳤다. 로보는 쏜살같이 베란다로 달려갔다. 수후가 저 아래에 서 있었다.

로보는 벽에 박힌 돌들을 밟고 내려오다가 1층에서 도시가스 파이프를 밟고 뛰어내렸다. 그제야 몸이 떨렸다. 수후가 말없이 앞장서 걸었다. 올 때와는 다른 길로 골목길을 빠져나갔다. 차를 타자 로보는 탈진해 버렸다.

"꽤 아름다운 남자지? 세련된 단정함이 몸에 밴 사람이야. 행동을 절제하는 데 아주 능숙하지."

로보는 뒷자리에 누워 있었다.

"그 남자 뭐 하고 있었니?"

"벽에 기대 있었어요. 자는 줄 알았는데 아니었나 봐요."

"아마 자고 있었을 거야. 그런 상태로 잘 수 있는 사람은 그 남자밖에 없을 거야. 넌 그 남자가 차려입으면 얼마나 멋있는지 상상도 못 할걸. 그가 얼마나 우아한 동작으로 걷고 반듯한 자세로 책을 읽는지도 말이야."

"그런 사람이 왜 저래요?"

"내가 그에게서 뭘 훔쳤는지 아니?"

로보는 초조하게 수후의 말을 듣고 있었다.

"그에게는 한 가지 결함이 있었어. 물건에 너무 집착한 거야. 어려서부터 옷과 신발을 미친 듯이 좋아했어. 그러고는 인테리어에 미쳤어. 전선을 수집했어. 경비행기에 미쳤어. 끝이 없었어. 고삐 풀린 야생마처럼 날뛰었어. 원하는 걸 갖기 위해서는 어떤 뻔뻔스러움도 마다하지 않았어."

수후가 말을 이었다.

"물건의 무질서가 그를 삼켜 버리고 있었어. 그래서 난 그의 물건에 대한 집착을 훔쳐 냈어."

"그건 옳은 일이에요."

로보가 마른 입술로 말했다.

"나도 그렇게 생각했어. 이제 좀 살 만해지겠구나, 쇠약해진 신경도 건강해지고 멍청한 표정도 살아나겠구나 했지."

"그런데요?"

"빛나는 유리 공 봤니?"

"네."

"물건에 대한 집착이 사라지자 물건에 대한 기억에 집착하기 시작했어. 그는 예전에 가졌던 것들과 앞으로 갖게 될 것들을 기억했지. 보다 잘 기억하기 위해 꼼짝하지 않고 매일같이 반복했어. 쓰레기 더미 같은 모든 것들을 세세히 치밀하게 반복했어. 기억이 자신의 영혼을 먹어 치우고 새로운 모사품이 될 때까지. 그 유리 공은 그의 영혼으로 만들어진 기억의 모사품이야. 비물질적인 기억이 물질이 되어 버리다니 정말 놀랍지 않아? 하지만 대가는 혹독하지. 그의 내부는 완전히 파괴되었어."

로보의 왼쪽 눈언저리에 경련이 일었다.

"어떻게요? 어째서요?"

"거기까지야 나도 모르지."

둘은 한동안 말이 없었다.

어느덧 아파트 지하 주차장에 다다랐다. 수후가 말했다.

"그건 그냥 하나의 예일 뿐이야."

수후가 차를 주차시키며 다시 한 번 말했다.

"알겠니? 그건 그냥 하나의 예일 뿐이야."

그가 자동차에서 내렸다. 차 문을 닫기 전에 그가 물었다.

"그래서 넌 아무것도 못 훔쳤니?"

로보는 그제야 자기가 아무것도 훔치지 못했다는 걸 깨달았다. 빛나는 유리 공 속에는 온갖 것이 다 있었다. 손을 집어넣기만 했다면 무엇이든 훔칠 수 있었을 것이다. 순간 수후가 잔인하게 웃었다. 수후가 노린 것이 바로 이것이었다. 뒤늦게야 아무것도 훔치지 못했다는 절망감이 그녀를 사로잡았다. 수후는 로보가 스스로 차 문을 열고 나올 때까지 어두운 지하 주차장에 가만히 서 있었다. 로보는 움직이지 못할 것 같았지만 알 수 없는 섬뜩함에 곧 몸을 일으켜 밖으로 나왔다.

최후의
만찬

며칠 뒤 수후가 학교 앞에 와 있었다. 수후는 말끔하게 차려 입고 있었다. 그는 로보가 현관에 나타난 순간부터 손을 흔들어 대고 있었다. 로보는 혼란스럽게 수후를 바라보았다. 저렇게 어린애 같은 얼굴을 하다가도 급격히 잔인한 얼굴로 바뀔 수 있었다. 그래도 계속 보고 있으면 마음이 끌리는 건 어쩔 수 없었다. 설우가 로보를 쿡 찔렀다.

"야, 또 왔어. 오늘도 어디 가기로 했어?"

"아니, 별말 없었는데."

"저 오빠 되게 귀엽긴 한데 저렇게 손 흔들고 있으니 좀 모자라 보여."

로보는 설우와 헤어지고 수후에게 갔다. 그의 모습에는 압도적이고 매력적인 무언가가 있었다.

사십 분쯤 차로 달려 이 인용 이탈리아 레스토랑에 도착했다.

"맛있는 거 사 주려고. 들어가."

수후가 뒤에서 로보를 밀었다. 로보는 작은 통나무집이 뭐 하는 곳인지 감을 잡지 못하고 있었다.

좁은 실내에 큼직한 소나무 탁자가 공간을 거의 다 차지하고 있었다. 커다란 통유리창 말고는 아무런 장식이 없었다. 한쪽 벽에 붙은 작은 문으로 요리사가 나와서 인사를 했다. 주방은 아마도 그 문 뒤로 따로 붙어 있는 것 같았다.

좁아서인지 실내에 솔잎향이 강하게 풍겼다. 두 사람이 자리에 앉자 요리사가 다가와 메뉴판을 내려놓았다. 수후는 로보에게 메뉴에 적힌 음식들을 일일이 설명해 주며 애피타이저, 수프, 샐러드, 메인 요리, 디저트를 고르게 했다. 로보는 지금까지 자기가 먹어 본 음식과 가장 동떨어진 것을 고르려고 노력했다. 로보는 수후 앞에서 긴장을 놓지 않으려 했지만 어느덧 마음이 풀어졌다. 음식에 대한 기대로 흥분되었다.

잠시 뒤 로보 앞으로 커다란 굴 하나가 하얀 접시에 담겨 나왔다. 수후 앞에는 버섯 크로켓이 놓였다.

"여긴 코스가 따로 정해져 있지 않아. 애피타이저만 두 개 먹거나 수프만 세 종류 먹을 수도 있어."

로보는 자기 앞에 놓인 굴을 신기하게 바라보았다. 붉은 빛깔과 초록 빛깔이 섞인 마리네이드가 식욕을 돋웠다.

"이게 뭐예요?"

"붉은 양파."

"이 노란 거는요?"

"올리브 오일."

"이건 파슬리죠?"

"맞아."

로보는 은 스푼으로 굴을 떠먹었다. 본래 생굴을 좋아했지만 향미가 더해진 굴맛은 더욱 시원했다. 수후는 버섯 크로켓을 로보의 접시에 두 개 놔 주었다.

"이 안에 뭐가 들어 있는지 맞춰 봐."

로보는 버섯 크로켓을 크게 한입 먹고 말했다.

"감자."

"그리고?"

"버섯."

"또?"

"치즈? 그리고 뭔가 특이한 향이 있는데……."

"너트메그 아닐까? 잘 아네. 이젠 드레싱을 찍어 먹어 봐."

로보가 드레싱을 찍은 크로켓을 먹고 짐짓 심각한 표정으로 말했다.

"사워크림 맛이 나요. 나 이 맛 좋아하는데."

수후가 웃었다.

"뭔가를 먹을 때는 전력을 다해서 먹는 거야. 알겠지?"

로보가 고개를 끄덕였다.

이제 로보 앞에는 차가운 사과 크림수프가 놓였다. 수후 것은 잣 크림수프였다. 로보는 사과 크림수프를 단숨에 먹어 치웠다. 수후가 조금 먹고 넘겨준 것까지 말끔히 비웠다.

"나한테 이렇게 왕성한 식욕이 있는 줄 몰랐어요."

곧이어 로보가 고른 망고 드레싱 훈제 연어 샐러드와 튀긴 가지를 넣어 만든 노르마 스파게티, 농어구이와 양파 렐리시가 나왔다. 음식은 하얀 그릇에 담겨 나왔다.

"레스토랑이라면 되게 딱딱한 곳인 줄만 알았는데 여긴 재밌어요."

"마음에 든다니 다행이야. 나도 특별한 경우에만 오는 곳이야. 여기 오면 먹을 땐 먹는 것 자체만으로 충분하다는 사실을 느끼게 해 줘서 좋아. 아무리 머릿속이 복잡해도, 걱정이 많아도 괜찮다는 기분이 들어. 그래서인지 여기서 맛본 음식은 몇 년이 지나도 생생하게 미각에 남아."

"몇 년 뒤까지요?"

"응, 군침이 돌 만큼 생생하게."

"이것도 먹어 봐. 달걀 흰자를 거품 내 마리네이드한 농어를 구운 거야."

수후가 농어 한 점을 떼어 주었다. 입 안 가득 풍부한 맛이 느껴졌다.

"너 평소에 가지 잘 안 먹지?"

"네."

"여기 있는 거 먹어 봐. 최대한 소스를 덜어 내고 가지만 먹어 봐. 어때?"

"괜찮은데요?"

로보는 가끔 아빠가 해 주던 튀김이 생각났다. 아빠는 튀김을 아주 잘했다. 아빠는 육류, 해산물, 과일, 채소 재료를 가리지 않고 여러 가지 튀김을 만들었다. 요즘엔 잘 하지 않았지만 로보가 초등학생일 때만 해도 자주 했었다. 그러나 로보는 맛있다고 느낀 적이 없었다. 아빠는 요리를 할 때면 온갖 자질구레한 일들을 로보에게 떠넘겼다. "아빠는 요리해야 하잖아. 로보야, 그런 건 네가 해야지. 그런 일은 네가 전문이잖아." 아빠는 항상 그렇게 말했었다.

"조리하기 전에 소금에 살짝 절여 씁쓸한 맛을 빼고 튀긴 거야. 이젠 스파게티 면이랑 소스랑 잘 버무려 먹어 봐."

"우아, 맛있어."

수후가 웃었다. 로보도 따라 웃었다. 그러다 문득 수후가 오늘처럼 많이 웃는 걸 본 적이 없다는 생각이 들었다.

이제 기분이 좋을 만큼 배가 불렀다. 디저트가 눈앞에 놓여 있었다.

"예전에 왜 비설당에서 퇴출되었냐고 물었지?"

따뜻한 오렌지 크림 크레이프를 크게 베어 물다가 로보가 놀라 바라보았다.

"이곳은 그런 얘기를 할 만큼 충분히 편안한 것 같네."

로보는 불길한 생각이 들었다.

"도둑 세계에서 비설당 같은 도둑 학교를 졸업하면 대부분은 탈구축 도둑이 돼. 하지만 원자 단위로까지 물질을 다룰 수 있고 인간을 이해하는 독자적인 통찰력을 지니게 되면 비물질을 다루는 도둑이 되지. 이 정도는 너도 알고 있지?"

로보가 고개를 끄덕였다.

"난 비설당 전문 기관에 소속된 비물질 도둑이었어. 주로 불행을 훔쳤지. 대도시의 지붕에 고여 있는 유독가스 같은 불행을 훔쳐 냈어. 처음엔 도둑질을 하고 나면 정말 기분이 좋았어. 마치 천사나 착한 신이 된 것 같았어. 왜 힘든지, 슬픈지도 모르는 사람들에게 가서 슬쩍 불행을 훔쳐 내면 사람들은 고질병이 나은 것처럼 가뿐해했어. 그래서 난 도둑질을 하고 나면 일부러 그 사람들이 사는 동네를 돌아다녔어. 그 사람들이 기분 좋게 걷는 걸 소리 내어 웃는 걸 보고 싶어서. 도둑 세계는 보기 드물게 훌륭한 곳이야. 그곳엔 특이한 이상이 있고 그 이상을 실현해 갈

통찰력과 기술과 힘이 있지. 지상 세계 사람들은 너무 맹목적으로 많은 걸 가지고 있어. 그것 때문에 감정과 공간이 막혀. 에너지가 뒤엉키고 탁해져. 마음이 망가져. 하지만 사람들은 신경쓰지 않아. 끔찍할 정도로 무지하고 무감해. 그러니 훔칠 수밖에. 도무지 내놓으려고 하지 않으니 우리 같은 도둑이 훔칠 수밖에 없는 거야."

그는 잠시 말을 멈추었다. 천천히 캐모마일차를 마셨다. 레몬향이 로보의 뇌수까지 스미는 것 같았다. 그는 차를 입 안에 머금고 있다가 넘겼다.

"그런데 어느 순간에 말이야, 난 신념과 소명 의식을 갖고 하는 내 도둑질이 과도한 의료 기술 같다는 걸 인정하지 않을 수 없었어. 자기가 가지고 있던 나쁜 요소가 없어진다고 사람이 꼭 행복해지는 건 아니었어. 많은 경우 하나의 나쁜 요소가 없어지면 그 옆에 있던 덜 나쁜 게 예전의 나쁜 것만큼 나빠져. 내가 불행을 훔쳤던 사람들 중 10퍼센트는 자살을 하거나 정신병원에 갔어. 스스로 변하려고 하지 않으면 아무 소용도 없어. 오히려 독이 되지. 자긴 변할 생각이 없는데 타의에 의해 뭔가가 변하니 참지 못하는 거야. 숨을 쉬라고 만들어 놓은 허공으로 몸을 던져 버리는 거야. 난 혼란스러웠어. 물론 내가 계속 도둑질을 한다면 90퍼센트의 사람들은 사는 게 나아지겠지. 하지만 나머지 사람들은 여전히 죽을 거야, 미칠 거야. 그것도 기상천외한 방법으로. 난 그 90퍼센트와 10퍼센트를 구분할 수도 선택할 수도 없었어. 내 행위에 의해 누구의 삶은 100이 되고 누구의 삶은 0이 되는 경계를 감당할 수가 없었어. 그래서 도둑질을 그만뒀어. 아니, 도둑 세계에서 나고 자라서 배운 게 도둑질뿐이니 아예 그만둘 수는 없지. 하지만 도둑 세계의 이념을 따르는 그런 도둑질은 더는 싫었어. 내가 비설당에서 퇴출된 건 그 때문이야. 물론 그대로 도둑 세계에 남을 수도 있었어. 나에게도 가족이 있고 친구가 있으니 그 편이 살아가는데 나았겠지. 하지만 그 정도로는 만족할 수 없잖아. 난 여전히 비물질을 다루면서 내가 납득할 수 있는 도둑질을 하고 싶어. 그래서 도둑 세계의 삶을 단념하고 이곳에 온 거야. 그럴 수 있는 방법을 찾는 중이야. 당장은 생활을 위해 이것저것을 훔치는 비근한 좀도둑일 뿐이지만 말이야."

로보는 아까부터 입에 크레이프를 물고 있었다. 목이 탔다. 수후가 물을 건넸다.

"물 마시고 얼른 씹어 넘겨."

로보는 힘겹게 크레이프를 넘겼다. 물을 한 모금 더 마셨다.

"아이스크림 먹을래?"

로보가 고개를 흔들었다.

"이제 더 안 먹어도 돼요."

수후는 이해한다는 듯 미소 지었다.

"날 왜 비설당에 들어가게 한 거예요? 금지된 도둑질은요? 날 이용하려 했다는 생각은 안 해요. 이용할 만큼 내가 쓸모가 있을 리도 없고. 그래서 더 왜 그랬는지 이해가 안 돼요."

그가 어떻게 얼굴을 일그러뜨렸는지 광대뼈가 툭 불거졌다.

"네가 실패할 것 같았기 때문이야."

로보는 충격을 받았다. 순간 그녀의 시선이 꺼져 버렸다.

"그게 무슨 말이에요? 내가 실패할 것 같았다고요?"

"그래, 누구보다도 많이."

"어째서 그런 얘기를 하는 거예요?"

로보는 자기도 모르게 눈물이 고였다.

"나로서는 아무래도 납득할 만한 도둑질을 찾아낼 수가 없었어. 그래서 생각해 봤지. 부족한 게 무엇일까? 도둑 세계는 그 어느 곳보다 평온한 곳이야. 게다가 난 엘리트로만 자랐으니 순조롭게 살아온 편이지. 그래서 필요했어. 내가 갖지 못한 것, 너의 실패가."

로보가 굳어졌다.

"우습게도 말야, 비물질은 내가 이해했던 것보다 더 오묘하고 교활해. 깊은 상처를 지닌 사람만이 볼 수 있는 깊이가 있다는 걸 깨달았어."

수후가 미소 지었다.

"내가 누구보다도 못났기 때문에 나를 택한 거군요."

"맞아."

"누구보다도 실패하기 쉽기 때문에."

"그래. 그리고 넌 실패했어."

"내가 실패한다고 그게 당신 것이 되지는 않아요."

로보가 원망이 가득한 눈을 들어 그를 보았다. 그러나 그녀의
시선은 그에게 닿지 못하고 어딘가를 헤매고 있었다.

"이제 와서 바보 같은 소리 하지 마. 난 비설당의 비물질 도둑
이었다고. 내가 원하는 순간 네 실패를 훔쳐 내는 건 조금도 어
려운 일이 아니야. 난 네가 보다 다양한 상황 속에서 매번 실패
하길 바랐어. 내가 새로운 눈을 뜨기 위해서."

"당신은 정말 비열해."

"응, 때때로 나도 그렇게 느껴. 하지만 네 실패를 이용해 내가
탁월한 통찰력을 얻게 된다면 대단한 일이 되지 않겠어? 그건
어쩌면 완전한 신이 되는 길일지도 몰라. 넌 어차피 실패할 거잖
아. 아무 쓸모없이 네 실패가 실패로 사라지는 것보다는 내가 이
용하는 편이 낫잖아. 하지만 걱정 마. 네 실패는 아직은 너무 연
약해. 사실 널 충동질해 보다 빨리 실패하게 하려고 했었어. 그
러다 생각을 바꿨지. 시간을 갖고 기다리기로."

로보는 수후를 마주 보고 있는 게 두려웠다. 태연하게 이런
얘기를 하는 그가 악마처럼 보였다.

"난 알아. 넌 마지막까지 간다고 해도 결국 실패해. 곁에서 널

보며 그런 확신이 들었어. 그래서 자잘한 실패 대신 바로 그 최후의 실패를 갖기로 마음먹었어. 물론 나와 생각이 다른 사람도 있긴 해. 넌 왜 우판 교수가 내가 이런 짓을 하는 걸 가만히 내버려 두는지 궁금하지 않아?"

로보가 마른침을 삼켰다.

"그는 비설당을 맹신하거든. 정 안 되겠다 싶으면 경고는 하겠지만 정말 걱정하지는 않아. 왜냐면 그는 비설당의 교육이 그만큼 완전하다고 믿으니까. 내가 비록 비설당에서 퇴출되고 도둑 세계를 떠났다 해도 한번 비설당 교육을 받은 이상 결국 비설당의 기본 이념에 궁극적으로 어긋나는 짓은 하지 않으리라 믿는 거지. 너에 대해서도 마찬가지야. 그는 비설당이라면 널 진짜 도둑으로 만들 수 있다고 생각해. 그래서 자비롭게 너 같은 지상 세계의 아이를 받아 준 거야. 그의 생각엔 비설당이 누구에게나 최선의 길이니까. 하지만 정말 그럴까?"

수후가 비웃었다.

"난 도둑이 될 거예요."

로보가 이를 악물고 말했다.

"진짜 도둑이 된다는 게 어떤 건지 알아?"

수후가 나직이 말했다.

"그건 지상 세계의 네가 완전히 사라지는 거야. 학교에서 네 이름이 없어지고 있지?"

"나도 알아요. 하지만 상관없어. 어차피 내 이름이 거기 있어 봐야 신경 쓰는 사람도 없어."

로보가 차갑게 중얼거렸다.

"하지만 이름 정도가 아니라면 어때? 네 존재 자체가 사라지는 거야. 네가 도둑이 되어 갈수록 지상 세계의 네 존재는 사라져. 알겠니? 허술한 관계에서부터 차곡차곡 없어져 버리지. 당장은 학교 선생 정도겠지만 언젠가는 친구들 사이에서 그리고 가족 속에서도 없어질 거야. 엄마도 아빠도 언니도 몽땅 포기해 버릴 수 있니? 그들이 너를 완전히 잃는 게 무섭지 않아? 잊어버리는 정도가 아니라 아예 잃는 거야."

로보는 등받이에 몸을 기댔다. 눈을 감았다. 아득한 어둠이 저 밑에서 올라왔다. 이대로 영영 눈을 뜨지 못할 것 같았다. 눈을 뜨면 자신의 어둠이 세상을 뒤덮어 버릴 것 같았다.

어디에선가 물이 돌에 말려 돌아가는 소리가 들렸다. 로보가 눈을 떴다. 수후의 얼굴이 상냥하게 돌아와 있었다. 로보는 더 이상 그에게 적의도 두려움도 느끼지 않았다.

"어디 가까운 데서 물이 흐르지 않아요? 돌돌거리는 소리가 들려요."

"아니, 물이 흐르는 데는 없어. 그건 네 안에서 나는 소리야."

잠시 뒤 수후가 입을 열었다.

"난 떠날 거야."

"어디로 가는데요?"

로보가 입을 이죽거렸다. 수후는 차라리 웃지 않는 편이 좋을
만큼 희미하게 웃었다.

"지금 말한다 해도 네가 날 기억할 땐 난 거기 없어."

"난 수후를 좋아해요."

로보의 눈에서 주르륵 눈물이 흘렀다.

"응, 넌 날 좋아해. 그리고 언니도 좋아해. 하지만 언니는 널
좋아하지 않지. 물론 난 널 좋아하지만."

수후가 로보의 어깨에 손을 얹고 힘주어 잡았다. 로보의 울
음이 천천히 진정되었다.

"언니도 널 좋아했으면 하는 거지? 하지만 사람들은 저마다
서로에 대해 갖는 마음이 달라. 네가 아무리 평생 누군가를 좋
아해도 상대는 안 그럴 수도 있어. 네가 진심으로 사랑해도 상
대는 계속 너한테 상처만 주고 이기적일 수도 있어. 그래서 사랑
은 아주 품이 큰 거야. 생각할 수 있는 한 가장 큰 공을 생각해
봐. 그리고 그걸 굴려 봐. 네가 사랑하는 사람을 향해 굴려 봐.
그 사람에게 닿을 때까지 굴려 봐. 가는 동안 공이 얼마나 많은
곳에 닿는지 생각해 봐. 또 그 사람에게 닿아서 멈춘 뒤에도 얼
마나 많은 것에 닿아 있는지 생각해 봐. 사랑은 그렇게 큰 공 같
아. 네가 어떤 특정한 한 사람만 사랑한다고 느낀 순간에도 넌
그렇게 많은 것들을 다 사랑하고 있었던 거야. 그러니 그 한 사

람이 널 사랑하지 않아도 슬퍼하지 마. 그 주변에 있는 것들, 네 사랑을 받은 것들 중에는 반드시 널 사랑하는 게 있어. 그것이 다시 아주 큰 공을 굴려서 너에게 올 거야."

수후가 손의 힘을 빼고 부드럽게 손을 거뒀다.

한참 만에 로보가 갈라진 목소리로 물었다.

"앞으로 뭐 할 거예요?"

"글쎄."

수후가 피곤하게 눈을 감았다. 그의 눈꺼풀이 가늘게 떨렸다.

"아주 한가한 사람은 남의 꿈 얘기를 듣는다지. 당분간 나도 그럴 거야."

"내 꿈 얘기도 들을 거예요?"

"네가 꿈을 꾼다면."

"언제 다시 볼 수 있어요?"

"네가 결국 실패하면 훔치러 오지."

"당신은 알아요. 난 실패하지 않아요."

수후는 대꾸하지 않았다.

두 사람은 집으로 돌아왔다. 그런데 수후는 로보를 내려 주고 도로 차에 탔다. 같이 집으로 들어갈 거라 생각했던 로보는 놀랐다.

"벌써 가는 건 아니죠? 짐은 가져가야 하잖아요."

로보가 다급하게 말했다.

"아까 너 데리러 가기 전에 정리했어."

"지금 간다고요? 이대로요? 엄마는요? 언니는요? 말도 없이 가 버리면 다들 놀랄 거예요."

"네가 잘 얘기해 줘."

수후가 떠났다.

가짜 비상구

　로보는 집으로 들어가 옷을 갈아입었다. 입 안에는 조금 전 수후와 함께 먹었던 음식 맛이 가득했다. 로보는 밖으로 나갔다. 수후를 처음 봤던 길에서부터 그를 쫓듯 달리기 시작했다. 가끔 눈물 때문에 앞이 뿌예지는 것 말고는 호흡도 안정적이었고 다리에 힘도 있었다.

　아파트 공사 현장을 둘러싸고 있던 외벽이 철수되고 없었다. 어느새 아파트는 몇 가지 부수적인 작업만 남긴 채 완공되었다. 로보는 상가 건물로 갔다. 자재들이 지저분하게 쌓여 있던 로비는 말끔했고 건물 입구에는 경비 아저씨까지 앉아 있었다. 로보는 비상구로 갔다. 그러나 비상구의 문이 쇠사슬로 잠겨 있었다. 당황한 로보는 문을 붙들고 얼마간 씨름을 해 보았지만 소용없었다. 로보는 경비 아저씨에게 갔다.

"아저씨, 비상구 문이 왜 잠겼어요?"

"비상구?"

"네, 저쪽에 있는 비상구가 잠겼어요. 그럼 비상시에 어떻게 해요?"

"아, 그거? 그건 가짜 비상구야."

"가짜 비상구요?"

"여기 공사할 때 인부들이 건물에서 건물로 편하게 옮겨 다니려고 임시로 만들어 놓았던 거야. 이제 공사가 끝났으니 폐쇄한 거지. 비상구라면 자고로 건물 밖으로 통하게 되어 있어야지. 저기 화장실 반대편에 있는 데로 가 봐. 거기가 진짜니깐."

아저씨 얘기를 들으며 로보는 머리가 어질어질했다. 로보는 아저씨가 가리킨 진짜 비상구를 향해 달렸다. 문을 열고 좁은 통로를 지났다. 바깥이었다. 로보는 서둘러 다음 건물에도 가 보았다. 그러나 그곳도 사정은 마찬가지였다. 더 이상 가짜 비상구는 이용할 수 없었다.

로보는 터덜터덜 걸어 마지막 건물로 갔다. 엘리베이터를 타고 옥상으로 올라갔다. 다행히 옥상 문은 아직 잠겨 있지 않았다. 로보는 옥상을 가로질러 달렸다. 있는 힘껏 달렸다. 두려워하면서 암호를 외쳤다. 난간에 부딪쳐 바닥에 쓰러졌다.

로보는 그대로 누워 있었다. 하늘을 보며 휴대폰을 꺼냈다. 바람이 차가웠다. 나낙에게 문자를 보냈다.

오늘 못 갈 것 같아.

잠시 뒤 나낙에게 답장이 왔다.

무슨 일 있어?

비상 통로가 막혔어. 그동안 내가 다니던 비상구는 가짜였대.

나낙에게는 답장이 오지 않았다.
까마귀가 하늘을 날아갔다.
'까마귀는 머리가 좋으니까 어느 날 밤에 내가 여기 있었던 걸 기억할까. 어쩌면 까마귀도 나처럼 생각하겠지. 인간은 머리가 좋으니까 어느 날 밤에 내가 이 하늘을 날던 걸 저 인간은 기억할까.'
로보는 혼자 그런 생각을 하며 웃었다. 진짜 도둑이 되어 갈수록 지상 세계의 자신이 사라질 거라는 수후의 말이 더는 두렵지 않았다.
'난 도둑이 될 거야.'

로보는 여전히 도둑이었고 진짜 도둑이 되는 것만큼 중요한
일은 세상에 없었다.

나낙에게 답장이 왔다.

새로운 길을 찾아. 혹시 어디선가 전차를 탈 수 있을지도 몰라. 로보야, 꼭
찾아내. 우리 아직 학기도 다 안 끝났잖아.

응, 그럴게. 꼭 갈게.

로보는 벼루에게도 문자를 보내 사정을 얘기했다. 벼루도 응
원의 메시지를 보내왔다.

누워서 한가하게 하늘을 보고 있으니 문득 예전에 돌곶공원
에서 읽던 도둑 소설을 끝까지 읽지 않았던 게 떠올랐다. 나중
에 집에 가서 찾아봐야겠다고 생각했다. 하지만 잡동사니 속에
아무렇게나 놓아두었다면 새로운 입구를 찾는 것만큼이나 어려
운 일이 될 것이다. 로보는 이빨고양이와 얘기를 하고 싶었다. 그
래도 지금은 연락하지 않기로 했다. 지금은 새로운 입구를 찾기
위해 달리고 싶을 뿐이었다.

나는 뛰었다. 바람이 불거나 불지 않거나 급하거나 느긋하거나 거리가 가깝거나 멀거나 어떤 신발을 신었든 간에 일단 뛰었다. 버스에서 내리자마자 현관문을 나서자마자 종례가 끝나자마자 쏜살같이 그 대부분의 곳을 빠져나갔다. 얼룩진 길이, 나선형 계단이, 어둑한 복도가 공백이 되어 밀려들었다. 그럴 때 나는 누군가 보고 있는 그곳에 있지 않았다.

광주에서 고등학교를 다니다 자퇴하고 서울에서 지내다 반년 만에 광주에 갔을 때 나는 버스에서 내리자마자 또 뛰었다. 누군가 나를 따라 달렸다. 한 동네에 사는 중학교 친구 영이었다. 영은 나인지 확신할 수 없었다며 나를 따라잡을 때까지 달렸다. 컴컴한 길에서 헐떡이며 마주 본 영, 기뻤지만 머물 수는 없었다. 그때 나는 뭘 찾는지도 모르면서 뭔가를 찾고 있었다.

그러나 서울에서 나는 뛰지 못했다. 남의 학교 담벼락 옆에 멈춰 섰고 나를 모르는 수많은 사람들을 우두커니 바라보았다. 떠

238

나온 곳에 대한 그리움과 나 자신에 대한 갑증으로 어쩔 줄 몰랐다. 새로운 생활에 지치고 울컥 눈물을 쏟는 날도 많았다. 하지만 스스로 선택한 길이기에 힘들다고 말하면 안 될 것 같았다. 나는 사소한 일도 털어놓지 못한 채 걸었다. 내 속에서는 뭔가가 조각났고 그것들이 덜거덕거리는 소리가 두려웠다.

그대로 세월이 흘렀다. 가끔 길에서 누군가 내 곁을 스쳐 달려갔다. '발은 저렇게 들고 팔은 흔드는군. 가슴은 정말 빳빳하게도 폈네.' 나는 감탄했다. 텔레비전으로 마라톤 장면을 하염없이 쳐다보고 도서관에서 달리기에 관한 책을 찾아 읽었다. 이제는 뛸 수 없다고 생각했다.

하지만 뛰는 건 간단하다. 경기도 북부로 이사 와서 빽빽한 고층 건물에 잘려 나가지 않은 하늘을 오래 바라보고서야 알게 되었다. 걷다가 한순간 몸을 공중으로 조금 띄우면 팅겨 올라간 몸이 탄력을 받아 다음 걸음을 가볍게 쳐 낸다. 나는 벌써 뛰고 있다. 이 단순함을 되찾는 데 십 년쯤 걸린 것 같다.

나는 뛴다. 마구 좋아하면서 뛴다. 로보가 달린다. 그 순간 우리는 우리 앞의 허공을 믿는다. 하지만 달리는 것만으로는 부족하다. 인생은 그 정도만으로는 살아지지 않는다. 우리는 여전히 뭔가를 찾고 있고 그게 무엇인지 모른다. 작년에 천상병 시인이 말해 줬었지.

'아, 인생은 얼마나 깊은 것인가.'

도둑의 탄생

1판 1쇄 2011년 11월 9일
1판 2쇄 2019년 12월 18일

지은이 김진나
펴낸이 염현숙
책임편집 홍지희
편집 원선화 김성진 이복희
디자인 이지선
마케팅 정민호 박보람 나해진 최원석 우상욱
홍보 김희숙 김상만 오혜림 지문희 우상희
제작 강신은 김동욱 임현식
제작처 영신사

펴낸곳 (주)문학동네
출판등록 1993년 10월 22일제406-2003-000045호
주소 10881 경기도 파주시 회동길 210
전자우편 kids@munhak.com
홈페이지 www.munhak.com
카페 cafe.naver.com/mhdn
페이스북 facebook.com/kidsmunhak
트위터 @kidsmunhak
북클럽 bookclubmunhak.com
대표전화 (031)955-8888
팩스 (031)955-8855
문의전화 (031)955-8890(마케팅) (02)3144-3236(편집)

ISBN 978-89-546-1603-4 03810

· 이 도서의 국립중앙도서관 출판예정도서목록(CIP)은 서지정보유통지원시스템 홈페이지(http://seoji.nl.go.kr)와
국가자료공동목록시스템(http://www.nl.go.kr/kolisnet)에서 이용하실 수 있습니다.(CIP제어번호: CIP2011004680)